Ernst Molden · Biedermeier

ERNST MOLDEN

BIEDERMEIER

ROMAN

DEUTICKE

© 1998 Franz Deuticke Verlagsgesellschaft m.b.H., Wien–München
Alle Rechte vorbehalten

Fotomechanische Wiedergabe bzw. Vervielfältigung,
Abdruck, Verbreitung durch Funk, Film oder Fernsehen
sowie Speicherung auf Ton- oder Datenträger, auch
auszugsweise, nur mit Genehmigung des Verlags.

Umschlaggestaltung: Robert Hollinger
Umschlagfoto: Jan Saudek, Prag
Druck: Wiener Verlag, Himberg bei Wien

Printed in Austria
ISBN 3-216-30396-9

Für Veronika

INHALT

Prolog Die Rast des Jägers 9

TEIL I
DIESSEITS UND JENSEITS DES WASSERS

1. Kapitel Alltag 16
2. Kapitel Tanzen 46
3. Kapitel Stimmen aus der folgenden Nacht 61

TEIL II
AMTSHANDLUNGEN EINES POLIZEIDIREKTORS

4. Kapitel Narrenturm 76
5. Kapitel Verwandlungen 95
6. Kapitel Die Köpfe des Lindwurms 116

TEIL III
DAS BILD VON EINEM LIEBEN MENSCHEN

7. Kapitel Aulandschaft mit Männern 138
8. Kapitel Gartenstunde 150
9. Kapitel Umarmung 159

Epilog Weihnachten 173

Nachbemerkung des Autors 176

PROLOG — DIE RAST DES JÄGERS

Aus den Papieren des Polizeidirektors Franz von Siber

𝒟er Archivar Scheidl – unter den wenigen, die mich in diesen Zeiten grüßen wollen, der Treueste – hat bei unserem heutigen Neujahrsspaziergang von der Zukunft gesprochen, hat also, wie es einem österreichischen Beamten wohl ansteht, froh und eifrig nach vorne geblickt: »Wirst sehen, Franz«, hat er gesagt, »der Frost halt jetzt drei Wochen an, dann friert dem Donauweibel das Arschloch zu, und das Eis wird immer höher. Zum Schluß dann schiebt sich's wie eine Messerklingen ans Ufer und säbelt alle Häusln ab, sind doch eh viel zuviel Menschen bei uns.«

Ein Eisstoß? Die Temperatur liegt, wie ein stummer Advokat des Archivars Scheidl, tief, tief unter dem Frostpunkt. Es ist der erste Tag des neuen Jahres, jetzt schon Abend, und ich tue endlich das, wozu meine gute alte Mutter, dieses knöcherne Hutgestell der dicken Maria Theresia, deren Zofe sie war, mich schon so oft vergeblich aufgefordert hat: Ich gebe jetzt Ruhe.

Es ist der erste Tag des Jahres 1823, es ist eiskalt, und der wenige Neuschnee, der vor einer Woche gefallen ist, liegt unverändert wie ein Leichentuch über der Geographie meines Arbeitsbereiches, der kaiserlichen Haupt- und Residenzstadt Wien. So entsteht der Eindruck, als sei unsere nämliche Haupt- und Residenzstadt kürzlich verstorben und liege nun gänzlich tot unter besagtem hauchdünnem Leichentuch in einem hellen, winterlichen Aufbahrungssaale und harre darauf, in dunklere Teile der großen Prosektur für Haupt- und Residenzstädte verbracht zu werden.

Aber nun Schluß. Ich spreche schon wieder von einer Finsternis. Allerdings, es hat schon seine Ordnung damit, das vergangene Jahr war nicht danach angetan, mein schweres Naturell ins Heitere zu verbessern. Es war von Anfang an ein finsteres Jahr. – Aber aus. Den Blick ganz fest nach vorn. Ich sitze jetzt zu Hause, es brennen ein paar Trümmer von einer Buche im Ofen, und meine Mutter, das Hutgestell, hat mir – allerliebst, wie ich betonen muß – einen bitteren Aufguß von der Hagebutten gegen den ewigen Katarrh in meine Schreibstube getragen, und jetzt sitze ich da und tue nichts, gar nichts.

Ich gebe Ruhe. Lange Zeit dachte ich, daß ein Jäger, der innehält und Ruhe gibt, gleich zum Opfer werden muß.

Schon als Bub schaute ich am liebsten dem Bestiarium des Herrgotts zu, um das Leben zu verstehen. Als ich vielleicht zwölf Jahre alt war, sah ich einmal einen ungewöhnlich schönen Fuchs – das war bei der Malitante, die heut noch am Dunkelsteiner Walde Kühe zieht. Der Fuchs war von seidigem Glanz und sein Fell in der Abendsonne metallisch-rot, fast golden zu nennen. Er pirschte womöglich auf ein Rebhendl und lag, gespannt wie eine Feder, am Rain, gar nicht weit von der Ulme, auf die ich geklettert war. Vielleicht war es die tückische Abendsonne, die ihn behaglich und träge hatte werden lassen, vielleicht war es an diesem Tag schon das dritte Rebhendl und der Fuchs eigentlich satt.

Jedenfalls ging er einer sonnengelben Schönheit auf den Leim. Ein Pirol, dieser so fabelhaft gelb gefärbte Amselvogel, stieg aus einer Haselstaude links von meiner Ulme hoch, gewann rasch an Höhe und blinkte wie ein wundersames Zeichen im Blau dieses späten Himmels, ein Zeichen, dessen betörender Bewegung man folgen mußte. – Auch der Fuchs begann zu blinzeln, verlor ein wenig von seiner Spannung und richtete sich auf.

Da zerplatzte sein Kopf. Es riß den Leib des Fuchses noch einmal in die Höhe, es bäumte ihn auf, es spannte sein Fell auf wie ein mandarinenfarbenes Warnzeichen vor dem heuchlerischen Abendidyll, ehe der überlistete Jäger auf der grünen Sommerwiese im Dunkelsteiner Walde zusammensank und starb. Der Forstgesell, der den wirklich tadellosen Schuß abgegeben hatte, grölte in der Ferne mit triumphierendem Gelächter. Der sonnenfarbene Vogel aber war verschwunden. Ich stieg von meinem Baume, lief davon und war von der Lektion des toten Fuchses tief beeindruckt.

Jäger dürfen nicht rasten, denn die anderen Jäger haben ihre Augen überall. Aber jetzt bin ich sozusagen im Bau.

Meine Mutter ist häßlich wie die Pestsäule, aber sie macht diesen Aufguß aus getrockneten Hagebutten, welcher meinen Katarrh tatsächlich etwas lindern kann. Meine Mutter, die ewige Hofzofe, hat zwar nach vierzig Jahren noch immer nicht die geringste Ahnung, welche Gesichter meine Gedanken tragen können, aber sie sorgt dafür, daß mich auch sonst niemand deswegen sekkieren darf.

Mütter sind überhaupt in manchen Dingen fabelhafte Weiber. Schade, daß sie einen trotzdem die Nerven kosten. Wie alt die Leute werden! Ich bin über die Sechzig, meine Mutter an die Achtzig: Wer kann das sagen, daß er eine lebende Mutter hat, die noch die Hüte der dicken Kaiserin ordnen durfte?

Nun denke ich an die Cilli, aber ich werde nichts von ihr schreiben. Lieber denke ich noch einmal an diesen Fuchs, dessen Knochen jetzt schon bald fünfzig Jahre lang an einem aller Wahrscheinlichkeit nach gottverlassenen Ort im Dunkelsteiner Walde verschimmeln. Ich denke an seine Farbe, an dieses strahlende Orange, fast war es ja Gold. Und dann denke ich an die Finsternisse, die mir begegnen. Vielleicht gleichen sie den schwarzen Wolken schlechter Tage und auf ihre andere Seite scheint die Sonne. Vielleicht sind alle Finsternisse auf ihrer anderen Seite so strahlend rotgold wie dieser sterbende Fuchs. Aber ich schweife ab.

Andererseits: Ich habe keine Sorgen, daß man mich drängt, meinen letzten Fall zu schildern. Niemand unter den Beteiligten hat Interesse, von seiner Beteiligung schwarz auf weiß zu lesen. Am ehesten vielleicht Durchlaucht selber, deren Eitelkeit es schmeicheln würde. Und ich natürlich. Also schreibe ich, der Gefahr der Abschweifung zum Trotz. Ich werde diesen Fall, der abgeschlossen oder doch stillgelegt ist, mit Gelassenheit zu betreten versuchen, und ich sage betreten, weil er mir jetzt vorkommt wie ein Haus, dieser Fall, und ich selbst komme mir in eitlen Momenten wie ein ruhmreicher Baumeister vor. Dabei ist Seine Durchlaucht ebenso Baumeister wie ich. Das ist ja das Schreckliche.

Unlängst, kurz vor den Feiertagen, hatte ich ein interessantes Gespräch. So knapp vor dem Ruhestand, jetzt, da die letzten Ehrungen und Abschiedsworte hastig vorbereitet werden, gibt man mir diese alltäglichen, kleinen Fälle zum Verhör; man meint auch im Ministerium, ich soll zur Ruhe kommen. Bei mir war ein Randalierer, ein betrunkener Künstler, der Tondichter Schubert. Die Sache im Wirtshaus war harmlos gewesen, ich hätte den Musiker einfach nach Hause gehen lassen können, aber ich zögerte. – Da war etwas, was mir dieser Wildfremde sagen konnte. Ich kann, muß ich sagen, nahes Wissen riechen, wie ein Dromedar unterirdische Quellen. Schuberts Namen hatte ich vielleicht ein-, zweimal von meiner Cousine Mirl gehört, die das Musikleben liebt. – Was konnte mir der rotgesichtige Komponist beizubringen haben? Daß Künstler immer saufen müssen. Schubert stand schon wackelnd in der Tür, als ich ihn fragte:

»Sag Er mir, Schubert, wenn Er eine Sinfonie schreibt, kennt Er dann alles an dieser Sinfonie von Anbeginn an: die Eröffnung, den Mittelteil und den Schluß?«

»Wo denken der Polizeidirektor hin? Keine Ahnung habe ich.« Schubert, ein untersetztes Männchen wie ich, wenn auch von ungesünderer Gesichtsfarbe, gestikulierte, als er fortfuhr: »Alles beginnt mit seinem ersten Ton, und alles endet mit seinem letzten. Ich habe also einen ersten Ton, und dann wandere ich los, ich betrete strauchelnd einen dunklen Wald, diesen einen Ton allein in der Hand.«
»Und wenn Er am Ende ist, was weiß Er dann?« – Ich ließ nicht locker.
»Am Ende?« wiederholte Schubert, kaum noch Herr seiner Zunge. »Am Ende? Am Ende weiß ich natürlich alles, in jeder Sechzehntelnote ist mir meine gesamte Sinfonie präsent, ich verwandle mich nach Laune in jedes einzelne Instrument, und mein Geist singt, brüllt, schluchzt mit der jeweiligen Stimme. Aber mehr noch, es scheint mir am Ende einer Schöpfung, als hätte ich ihre vielen kleinen Teile schon immer gekannt: Das, Herr Polizeidirektor, ist der Trug des Sieges. Bei der nächsten Arbeit schon werde ich sehen, daß es nicht so ist, daß ich nichts weiß und nichts in der Hand habe als diesen einen einsamen Ton. – Können der Herr Polizeidirektor mir drei Gulden borgen? Ich bin sicher, wir sehen uns wieder.« Ich gab ihm das Geld und zeigte ihm nicht meine Dankbarkeit.

Schubert ging, und ich sehe seither alles klarer, sogar meine allnächtlichen Gespenster. Der Fall rund um Seine Durchlaucht, den Kaunitz, ist beschlossen, aber die Zeit hat aufgehört, geradeaus zu gehen. Ich habe noch immer jede Stimme im Kopf, ich singe, brülle, schluchze, wie der Tondichter gesagt hat, mit den Stimmen seiner Beteiligten, es scheint mir sogar, als wohnten alle Beteiligten dieses Falls doch zumindest ihrer Substanz nach auch in meiner Seele und als könnte ich mich jederzeit in sie verwandeln. Werde ich verrückt? Nur weil ich aufgehört habe, mehr als einer allein zu sein?
Ich trage in einer dunklen Nacht oder an einem hellen Morgen das Gesicht Seiner Durchlaucht, ich sehe die Ereignisse

mit Annas Kinderaugen, und hie und da gelingt es mir, in den Kopf der Cilli zu schlüpfen, was die Geschichte der vergangenen Monate anbelangt, und das tut besonders weh, denn daher weiß ich auch, daß sie mich nimmer liebhaben wird. Manchmal maße ich mir die Augen des Ministers, ja, des Staatskanzlers an, hie und da selbst jene Seiner Majestät, und siehe da: Jetzt läßt sich der Fall aus allen Augen schlüssig, fast wahrhaftig betrachten, was eine seltsame Wendung des Ganzen bedeutet.

Aber manchmal treten die Bilder auch weit zurück, werden ein Flimmern, und dann, man mag es glauben oder nicht, dann *höre* ich meinen Fall. Der Tondichter Schubert würde verstehen.

Mein Fall klingt wie Musik.

TEIL I

Diesseits und jenseits des Wassers

1. KAPITEL — ALLTAG

Seiner Durchlaucht Darstellung des 24. Mai 1822

Hat da jemand von irgendwoher geflüstert, er könne mit meinen Augen sehen, mit meiner Stimme sprechen? Aber wo! Jeder Mensch spricht mit eigener Stimme. Sogar ein Lakai. »Ihro Durchlauchten«, plärrt der kaiserliche Lakai, »noch Garderobe?« – Aber ja. Ordnung muß sein. Der Graf Palffy, mein Freund, und ich nehmen vor einem großen Spiegel Platz, um uns innerlich und äußerlich auf die Audienz bei Seiner Allerkatholischsten Majestät vorzubereiten. Spiegel können nicht lügen, und dieser hier sagt, daß wir gesündere Tage erlebt haben. Unsere Nächte sind zu lang. Acht Jahre schon seit dem Kongreß, und sie werden und werden nicht kürzer. Man sieht's im Gesicht.

Es lebe das Kosmetische! Und ein bissl Schnupfen könne auch nicht schaden, sagt der Palffy. Schöne Dose hat er, Bernsteinintarsien. Das Schnupfen tut gut so früh am Morgen, wenn Leib und Seele noch ganz zittrig sind. Es lebe auch der süße Mohn! Pudern ist Alltag, sagt der Palffy, und weil er nicht nur das Kosmetische meint, sondern auch die Weiber mit ihren vielen Löchern, muß ich wie bei vielen schlechten Witzen lachen.

Aber dann denke ich nach: Alltag, sagen meine Freunde – und je weniger es werden, desto verläßlicher werden sie –, Alltag also sei der Zwang, täglich dasselbe zu tun. Ein Tag wie alle. Ein Tag für alle. Alltag mache schlafen, sagen die Freunde, und schlafen sei wie sterben. Das Leben aber führe der Mensch, der nach Göttlichem strebt, auf gegenteilige Weise: wach und ohne jegliche Wiederholung!

So schmäht man mir den Alltag, in Kreisen wie den meinen. Dabei scheint mir das Wort Alltag schön, geradezu verheißungsvoll zu sein. Ein Tag im All! Alles ist erreichbar! Der moderne Mensch fliegt faltergleich von Blüte zu Blüte! Ein Ideal der Selbstbestimmung, der wahre – wie nennen es die Ochsen da draußen? – der wahre *Liberalismus*.

Ja, *mein* Alltag ist anders, ihr Nachgeborenen, Kleineren hinter mir und meinen Schlachten! Mein Alltag ist vielmehr beherrscht vom göttlichen Gesetz, keinen Tag auf dieselbe Art anzulegen. Und das ist mir nicht einmal neu: Ich sehe noch den Glanz jugendlicher Zeiten, als jeder Tag ein Schritt zur Weltentdeckung war, mit immer neuen Mitteln. Heute scheint es, als sei, wenn schon nicht *die*, dann doch *meine* Welt vollkommen entdeckt, aber reifer Mann, der ich heute bin, habe ich mir einen Staat daraus gebaut, und diesen Staat verwalte und erforsche ich immer genauer, freien Schrittes ins Mikrokosmische vorrückend.

Mein Staat – der Staat der Liebe – kann den Alltag im Sinne der Wiederholung gar nicht kennen; ich bin sogar versucht, zu sagen, der Mikrokosmos der Liebe ist das Reich ohne Wiederholung.

»Palffy, mein Guter, ich wünsch mich zu verlieben!« sage ich gerade noch, und dann ist Audienz.

Alltag, erster Teil:
Audienz bei der Allerkatholischsten Unterlippe

𝒪 Majestät, wie ich Eure Unterlippe liebe! Die Unterlippe von Franz I. ist die Quelle meines Mitgefühls. Die Gefahren des Fortschrittes, die wie zudringliche Aasvögel auf den Schultern des Monarchen sitzen, tun ihm nichts an, diesem strebsamen, gottkatholischen Menschen, nur die tödliche Langeweile seines Lebens hat ihn angegriffen und seine Unterlippe ausgedehnt. Sie hängt so überaus traurig herab, und wenn er mich dann fragt, der gute Kaiser, was er mich immer fragt, nämlich: ›Kaunitz, kennt Er den Kalender?‹, dann fährt dieses traurige Sediment eines verkalkten Lebens, diese Unterlippe, bei jedem K zitternd nach vor, wie der Lappen einer Amme, der drohend geschwenkt wird, um einem Kind das Fürchten beizubringen.

Diese Lippe des Kaisers! Hätte ich kein Opium in meinem Kopf, das mich besonnener macht, ich würde in grelles Kichern verfallen, aber so ertrage ich alles. Halloohalloo, da werden die Flügeltüren von den Lakaien aufgestoßen, ich kenne das schon, diesen großen Sog, der den Adel an die Brust seines Herren zieht.

»Der Fürst von und zu Kaunitz-Rietberg, der Graf von Palffy!« schreit der Lakai, und ganz am Ende des hofbürglichen Audienzsaales sehe ich das graue Männlein sitzen, und seine Unterlippe zittert lautlos meinen Namen nach.

»Kaunitz, kennt Er den Kalender?« fragt er.

»Es ist Mai, Eure Majestät«, sage ich. – Alles scheint wie immer.

»Und wann ist Er zum letzten Mal in diesem Saale gewesen?«

»Das war im alten Jahr, Majestät.«

»Da zeigt Er nicht viel Liebe zu seinem Kaiser, kein Bedürfnis, seinen Herrscher zu sehen.«

»Im Wien Eurer Majestät kann einer wie ich bedürfnislos glücklich sein«, sage ich. Dieser Satz ist ganz neu. Ich bin doch ein Dichter, und kleine Änderungen verfeinern das Ritual. Genial, aber Majestät scheint allzu überrascht. Schweigen, dann übertüncht Majestät die Verlegenheit:

»Kaunitz, Kaunitz!« kommt es jovial aus dem kaiserlichen Munde, und meine Augen hängen an der erbebenden Allerkatholischsten Unterlippe, aber schon ist diese zärtliche Pause vorbei, denn derjenige, der keine Pausen duldet, ist aus seinem Versteck in einem Erker hervorgeschossen, sein eitles und doch freudloses Gesicht wie so oft in mahlender Bewegung.

»Bedürfnislos glücklich sein?« wiederholt Staatskanzler Fürst Clemens von Metternich das feine Ende meines letzten Satzes. Metternich schaut mich haßerfüllt an. Ich wußte gar nicht, daß der heute dabeisein würde. Der liebe Palffy scheint auch nicht glücklich. Sein Schnurrbart hängt.

»Wir erfahren, daß der Fürst Kaunitz sein Palais umbaut«, sagt der Staatskanzler, und Seine Majestät blickt mich dabei hoffnungsvoll an. »Wir erfahren von arabischen Dekors«, sagt Metternich, »welche vom Maghreb gebracht werden, von einer neuestmodischen Gasbeleuchtung, von einem Zubau für ein Badehaus!«

»Der Herr Staatskanzler haben gute Ohren«, sage ich lächelnd. Dabei aber schießen meine Augen zum Palffy hinüber, von dem ich doch weiß, daß er dem Kaiser und der Regierung Episödchen bietet, damit wenigstens die sein Theater bezahlen. – Aber von mir erzählt er nichts, oder doch? Ist er nicht mein Freund? Das Wort *Freund* denke ich mit aller Kraft, und dabei schaue ich den Palffy an. Mein Blick macht ihn schaudern, und er erwidert ihn. Jetzt zuckt er zusammen. Ja, fürchte mich nur, mein Freund! Mein Blick küßt dem Palffy den Nacken, und im selben Moment reißt er ihm den stinkenden Schwengel aus. So ist Freundschaft. Alles hat nur einen Augenblick gedauert, aber am Ende weiß ich, daß Palffy über mich nicht spricht. Aus irgendeinem Grund fürchtet er mich zu sehr, mich oder doch zumindest meinen Blick. Am Ende des Augenblicks erwidert der Staatskanzler Metternich:

»In dieser Causa, guter Kaunitz, weniger gute Ohren als vielmehr denselben Baumeister. Ich baue selbst im Hause um.« Ich atme auf. Guter Palffy, du kriegst einen liebevollen Blick, ich verschiebe deine Hinrichtung.

»Der Kongreßstil«, fährt Metternich fort, »mag ja vorüber sein, aber, Kaunitz, weshalb ein solcher Prunk?« Jetzt muß ich schweigen, wie ein erwischter Schüler. Ich hasse es, und ich wüßte tausend Antworten, aber diesen einen Punkt darf ich nicht machen. Die Langweiler müssen glauben, am Ziel zu sein.

»Die Zeiten sind so unruhig«, sagt der Kaiser – nichts zittert jetzt, er spannt mit aller Kraft die Lippe –, »und da müssen wir uns bescheiden!« Dieses Amen kenne ich schon, und tatsächlich: Er faltet die Hände. Ich sehe, für ihn ist die Sache mit mir zu Ende. ›Dem Kaunitz hab ich die Leviten g'lesen‹, wird er sagen. Später. Vielleicht wollte er ja noch ganz andere Fragen stellen, vielleicht wollte er sogar an Bereiche rühren, die mitten in meinem Privatstaat, aber jenseits seiner Vorstellung liegen, vielleicht spürte er tatsächlich kurz diesen forschenden Drang. Er hat ihm natürlich nicht nachgegeben. Er war natürlich zu feig.

»Also, Palffy«, sagt er jetzt, »wie geht's den Musen und ihrem Tempel?«

»Die Musen spielen«, sagt der Palffy mit Totenstimme, »sie singen und tanzen, aber der Tempel bröckelt und bricht.«

»Und ich hab gedacht, jetzt ist saniert«, sagt der Kaiser bedauernd.

»Saniert«, sagt der Palffy, »saniert hab ich das Personal, wenn Majestät verstehen. Die Ökonomie beginnt bei den Dienern. Wo schlecht bedient wird, kann der Verdienst nicht blühen im Theater, und wenn die Kunst noch so genialisch ist. Bei den Dienern, Majestät, beginnt es. Ich habe alle ausgetauscht.«

Und ich sage: »Er hat jetzt einen Chefkassier aus Paris.«

»Jetzt leidet wieder die Bausubstanz«, sagt der Palffy. »Wann werden denn Majestät dereinst an der Wien erscheinen, um unsere Erfolgsproduktion im Ballettfach ...«

»Werden sehen«, sagen Majestät. »Wir helfen also dem Palffy mit der Bausubstanz.«

Daß Staatskanzler Metternich mich die ganze Zeit angeschaut haben muß, bemerke ich erst einen Moment, bevor er losschnarrt:

»Wie geht es eigentlich der Fürstin, Kaunitz?« – Paß auf, Metternich, du Hendlhintern, jetzt mache ich den Punkt von vorhin:

»Fabelhaft!« sage ich. »Wie ich außer Haus bin, hat sie gebadet!« Der Staatskanzler schnappt nach Luft, der Mund Seiner Majestät öffnet sich, und hier, bei der Antwort auf Metternichs floskelhafte Frage, hinter der jedoch seine beinharte Untersuchung steht, hier mache ich meinen zweiten Punkt: »Ich beliebe ihr Goldfische in die Wanne zu schütten, Exzellenz, denn sie schätzt den Kitzel!«

Das sage ich Metternich mit ganz samtiger Stimme. Die Lippe des Kaisers ist jetzt eine bleierne Wulst, die zum Mittelpunkt der Erde will. Die Hände des Staatskanzlers pressen ihrerseits ein Schweißtüchlein. Und Palffy, dieser wirklich gute Freund, er hilft mir:

»Der Fürst Kaunitz«, sagt er und zwinkert, »ist ein raffinierter Mensch.«

Der Kaiser lacht hölzern, der Staatskanzler verschwindet wieder in seinem Erker, und die Audienz ist zu Ende – und draußen vor der Burg, da blüht der Flieder.

Alltag, zweiter Teil:
Flieder und Pirol

𝓔in gutes Dutzend Kutschen steht an der Auffahrt, als wir die Burg verlassen. Was diese Leute alle wollen!
»Schieß ma was im Prater!« sag ich dem Palffy.
»Du bist verrückt. Ich muß die Bühne anschauen gehen. Es ist Premiere.«
»Mach dich nicht nervös.« – Das Wetter ist herrlich, es ist einer dieser Tage in der Hochblüte des Frühjahrs, an denen die Gerüche von pflanzlicher, tierischer und vor allem menschlicher Blüte die Luft schwer werden lassen. Ein solcher Lufthauch trifft das Gesicht wie ein samtener Handschuh und reibt einem alle Verführungen auf einmal hinein. Wohl deshalb sagt der Palffy schließlich:
»Also schön.« – Es ist immer noch zeitig am Tag, halb zehn. Der Palffy läßt den Wagen stehen, wir gehen zu meinem kleinen Schwarzen.
»Du hast ja deinen Großwesir dabei«, sagt der Palffy.
»Der ist von allein gekommen«, sag ich, als ich den Saiff neben dem Josef auf dem Kutschbock sitzen und seine lange Berberpfeife rauchen sehe, »aber das trifft sich gut.«

Saiff-al-Islam ist für einen Mauren groß. Er ist fast so groß wie ich, aber beinah schwarz, vierzig Jahre, narbig und beweglich. Wenn die Leute sagen, die Muselmanen hätten es vor 150 Jahren nicht bis Wien geschafft, dann antworte ich: ›Wieso? Bei mir zu Haus regiert ein Großwesir!‹ – Auch das ist ein schlechter Witz, aber ich will ja niemanden unterhalten. Schlechte Witze sind die besten Drohungen. Die meisten Leute wissen, daß Saiff, der als ebenso gefährlich wie verschwiegen gilt, seit meiner Maghrebreise mein Diener ist. Und manche kennen die Bedeutung seines Namens: *Schwert des Muselmanentums.* Das reicht, damit die Grenzen meines Staates, der ein Staat der Liebe ist, geachtet werden.

»Steig ein«, sag ich zum Palffy, und dann, leise, zu Saiff: »Aufgepaßt!«

»Sidi?«

»Geh Er hinein, und frag Er beim Personal, was nach unserem Abschied so gesprochen worden ist. Aber schnell, bevor sie's wegen der anderen Trotteln wieder vergessen haben.«

»Ich gehe, Sidi.« Er springt federnd vom Kutschbock und gleitet zu einem Seitentor der Burg, wo er den Türsteher kennt: »Salaam aleikoum«, höre ich ihn sagen.

»Servas«, sagt der Türsteher, und mein Diener huscht in die Burg hinein. Saiffs Schritte sind unter seiner langen Djellabah nie zu sehen. Ich habe den Verdacht, daß er unter diesem Umhang stets einen Harten hat.

Die Kutsche springt los, Josef schaut, daß er uns so schnell wie möglich aus der Stadt bringt; wir schließen die Vorhänge und prüfen die vier Karabiner, die ich in einer Kiste im Wagen habe. Es sind teure Waffen, für winzigkleine Kavalierskugeln gebaut, und ich lasse dem Palffy den Vortritt beim Aussuchen. Er merkt natürlich wieder nicht, welches das beste Gewehr ist. Wir laden, und dann sagt der Palffy:

»Wir müssen aufpassen, Kaunitz. Ich auf mein Theater und du auf deinen guten Ruf.«

»Ich hab keinen«, sag ich. »Du meinst also, auf den Ruf meines Großvaters?« Und schon schweigt er, der Palffy. Mein Großvater war als Staatskanzler einer der Vorgänger des alten Metternich, er hat für die dicke Maria Theresia und ihren gottlosen Sohn Joseph gearbeitet. Heute ist er ein Held, warum, weiß ich nicht. Er war ebenso gierig wie ich und ebenso wortbrüchig, nur hat er nicht im Privaten gearbeitet, wie sein Enkel, sondern im Öffentlichen. Da kann man schon Karriere machen, aber heute sind die Zeiten anders, und ich bin es leid, die Reputation meines Großvaters zu polieren. Das alles weiß der Palffy schon selbst, ich brauch es ihm nicht zu sagen. Ein Blick genügt.

»Du weißt, Palffy«, sage ich nach diesem Blick, »du weißt,

das Allerhöchste Gebot ist, zu vergessen, die Revolution von Paris zu vergessen und den Zwerg Napolium und die Allerhöchsten österreichischen Kriegsblödheiten. Beten heißt es jetzt, zusammen mit den Preußen und den Russen, beten und vergessen. Irgendwann wird alles so wie früher sein, und der Himmel blauer als vor der Schlacht am Wagram.«

»Und?« sagt der Palffy, kaum hörbar im Rattern der Kutsche.

»Und? Ich gehorche dem Allerhöchsten Gebot, Palffy, ich vergesse. Ich brunz aufs Politische, ich bleib zu Haus und laß mir einen neuen Salon bauen. Ich geh ins Theater, und ich geh sogar in die Hofburg, wenn man mich dort sehen will, ich berichte dem Staatskanzler, wie es meiner Frau geht. Ich bin ein Freund vom Schnupftabak. Ich jage Singvögel. Alle diese Dinge nennt man vergessen im Dienst der Krone. Was ich aber sonst noch tu, Palffy, geht die Hendlhintern nix an.«

»Laß wenigstens mein Theater aus«, sagt er.

»Mein Abonnement würde dir fehlen, Palffy, wenn's ans Gagenzahlen geht.« – Aber ich will gar nicht streiten. Jetzt sehe ich aus dem Fenster des Wagens. Josef macht gute Fahrt, wir sind schon über die Schlagbrücke. Jetzt noch durch diesen ganzen Dreck auf die Praterstraße kommen, und dann ist alles grün und neu. Der Karabiner liegt kühl in meiner Hand. Zur Linken schaue ich zu den windschiefen Dächern der Elendsquartiere; eine Mutter in einem wollenen Rock scheucht drei kleine Kinder in eine Haustür, *hush, hush,* wie die englischen Huren am Kongreß immer gemacht haben, *hush, hush,* und die Kinder sind weg, die Kutsche ein Stück weiter, etwas Blondes habe ich wehen, ein dünnes Ärmchen winken sehen, und ich sage zum Palffy:

»Im Theater gibt's nur alte Lügen. Verlieben muß ich mich hier.«

»Hier?«

»In der Natur!« Ich schnuppere beim Fenster hinaus. Der Flieder, der jetzt schon überall wie ein Unkraut gedeiht, riecht so stark, als habe der Herrgott den stinkenden Wienern sein Wässerchen drüberschütten wollen.

»Geh, Kaunitz«, sagt der Palffy jetzt und schaut mich so schief an, ein bißchen tadelnd und ein bißchen ängstlich. Ich kenne diesen Blick und habe ihn immer gehaßt. Kleine Brüder schauen so, gottlob hatte ich nie einen, aber gleichaltrige Freunde hatten kleine Brüder, und die wollten dort dabeisein, wo sie nicht durften, und sie kosteten Zeit, diese fremden kleinen Brüder, Zeit und Seelenfrieden. Meine Schwester blieb stets, wo man es ihr anschaffte, und ließ sich an die Wäsche greifen, ohne zu schreien.

»Schau nicht so«, sage ich jetzt, und der Palffy hört auf.

Später sitzen wir auf diesem monströsen, tausend Jahre alten Ast, meinem liebsten Ansitz auf Singvögel im ganzen Prater, quasi in der Mitte des Grünen schlechthin, auch wenn ich neuerdings, wenn das Reißen stärker ist, nicht mehr so leicht aufsteigen kann. Die Eiche, der dieser Ast gehört, steht auf der Kuppe eines sanft ansteigenden, bewaldeten Hügels, südlich vom Mauthner Wasser, wo von den sumpfigen Gräben her die aufdringliche Gegenwart der Donau förmlich auf der Haut zu spüren ist. Josef ist am Anfang eines Hohlweges stehengeblieben, und wir sind zu Fuß bis hierher. Die geile Schönheit der Auen ist nur genießbar, wenn man sich einige Meter über ihren Boden erhebt. Für diesen Fall habe ich stets zwei flache maurische Pölster aus roter Wolle bei mir, die die Unebenheiten des Baumes vergessen machen. Der gute Josef hat natürlich eine Flasche Port im Schwarzen gehabt, halbvoll ist sie jetzt noch, und der Palffy wartet mir aus seiner Bernsteindose auf.

Und um uns singen die Todgeweihten. Als Bub schon, und das ist bedenkliche vierzig Jahre her, habe ich mir gewünscht, ihre Stimmen unterscheiden und verstehen zu können. Es sind so unendlich viele Stimmen; nicht nur die Arten der Todgeweihten singen mit jeweils anderen Stimmen, auch innerhalb der Spezies differiert der Gesang. Drei Amseln, die dem Menschenauge nicht zu unterscheiden sind, werden sich dem Ohr als Einzelwesen bekanntmachen, von Gott hörbar verschieden gestaltet. Und jetzt hier auf diesem Ast, mitten im Mai: Wie viele Stimmen! Geschossen haben wir noch nicht. Alles ist arglos. Wo es besonders jubiliert, gehen die Läufe der zarten Karabiner sacht in die nämliche Richtung.

»Das ist Kunst, Palffy, hör nur hin, lern was für dein Theater«, flüstere ich, und der Palffy schaut tatsächlich ganz verzückt.

»Nein«, sagt er, »das ist die wahre Republik der Liberalen. Tausend *speakers* auf einmal.« Jetzt kichern wir, und vielleicht halten uns die Todgeweihten deshalb auch für Vögel. Dann frage ich:

»Wann warst du das letzte Mal verliebt?«

»Verliebt? Ich bin verheiratet. Wie du auch, nebenbei.«

»Manchmal frag ich mich, wie es anfängt. Was der allererste Widerhaken ist, den so ein kleines Mädel ins Gemüt wirft. An dem die Hirnschleifen hängenbleiben, so daß man nichts mehr denken kann. Nennen wir's den ersten Buchstaben des Verliebtseins. Das eine haben wir ja bald gelernt, daß ein Mädel immer das Gegenteil zeigt von dem, was es will ...«

»Immer?«

»Aber ja! Du spürst es, wenn du sie dir gegriffen hast. Erst mußt du den Druck gegen das Strampeln stärker machen, immer stärker, dann fügt es sich in deinem Arm, lehnt sich richtig an, will anscheinend in deine Umarmung hinein. Glaub mir das, ich bin der Naturforscher von uns beiden. Aber der erste Widerhaken, den ich jetzt meine mit dem Worte verlieben, der liegt weiter vorn im Begegnen, der liegt vielleicht schon im ersten Anschauen. Weißt du, Palffy, da kannst du einen ersten Blick erhaschen, auf den du noch kein Anrecht hast, ganz zufällig bist du plötzlich im Besitz dieses Schauens. Aber schon hängt ihr Blick in deinen Augen fest, und ab jetzt gehört jeder Blick dir ...«– Meine Rede stockt, denn ich habe etwas gehört. Eine Stimme in der Umgebung, in diesem Palast aus Ästen und Zweigen voll feisten Grüns, eine Stimme, die überaus selten ist und mir trotzdem bekannt. Der Lauf des Karabiners ist wie von selbst nach rechts gegangen, wo zwei bebende Espen nahe an der großen Eiche stehen. Aber jetzt ist es wieder still. Nur die Spatzen schreien.

»Und manchmal«, fahre ich fort, ohne daß der Palffy die Irritation überhaupt bemerkt hätte, »manchmal brauchst du nicht einmal in die Augen zu sehen. Es reicht, daß du ... sagen wir: einen Ellbogen!, daß du einen Ellbogen siehst. Denn ich sage dir, in der Ellbeuge einer Frau, die gerade erst dazu geworden ist, wohnt der süßeste Geruch der Welt. Unser Opium riecht schal im Vergleiche, Rosen wirken fad dagegen. Und du brauchst nur einen solchen, in Zeiten wie den unseren nackt getragenen Ellbogen aus der Ferne zu sehen, um den dahinter liegenden Geruch in der Nasen zu haben.«

»Weil du deine Nasen schon in so vielen fremden Ellbogen stecken gehabt hast.« – Ich höre nicht auf ihn:

»In dieser Causa ist es also ein weißer, glatter, nackter Ellbogen, der zum Widerhaken wird, und da braucht das Mädel nicht einmal ...« – Da ist die Stimme wieder. Von der Amsel im Laut gar nicht so verschieden, aber im Klang. Weniger metallisch, diese Stimme, hölzerner im Ausdruck, noch flötiger, schmeichelnder, verführerischer. Und da – da ist die Farbe. Der Brautrock dieses Hahnes, einzigartig im österreichischen Wald. Sonnengelbe Federn trägt er, während er sein hölzernes Lied singt.

Es ist der Pirolvogel. Wie viele Jahre habe ich keinen gesehen! Die Mündung des Karabiners macht sich in geheimer Ruhe auf den Weg

»Was braucht das Mädel nicht?« fragt der Palffy laut. Jetzt wird er endlich aufmerksam. Ich flüstere die Worte, fast lautlos, eins nach dem anderen:

»Da – braucht – es – nicht – einmal – ein – hübsches – Gesicht!«

Der Knall, die feine Fahne weißes Rauches. Der lebendige Geruch des Pulvers. Gleich darauf stehen wir unten, wohin der tote Sänger gestürzt ist.

»Er ist schön«, sagt der Palffy. »Wie heißt er?«

»Pirolvogel«, sage ich.

Der Pirol ist ein Stück größer als die Amsel, aber vielleicht sieht es auch nur so aus, weil seine Brust breiter gebaut, insgesamt muskulöser ist. Dafür ist das Gefieder weicher, es sieht aus wie Seide, die Federchen liegen in elegantem Schwung am Körper des Toten. Nur die Spitzen der Schwingen sind schwarz. Die Kugel des Karabiners ist so klein, daß ihr Einschlag kaum Spuren hinterlassen hat. Man muß schon das Gefieder am Rücken zerraufen, um die saubere, kaum blutende Wunde zu finden.

»Siehst du«, sage ich jetzt, als ich in die sanften, gebrochenen Augen des Vogels schaue, »so verzückt sterben nur Verliebte!«

»Die Welt ist schwer bevölkert ...« beginnt jetzt der Palffy, und zuerst weiß ich wirklich nicht, was er meint. »Wäre ich ein Hirsch«, fährt er fort, »dann wüßte ich wohl, daß es Jäger gibt, daß jedes Ende meines Geweihs mich dem gewaltsamen Ende näherbringt. Ich würde wohl trachten, mich zu verbergen. Ich käme nie aus dem Buschwald hervor, und nachts würde ich versuchen, mein Geweih an einem Felsen zu zerschlagen.«

»Und?« Diesmal muß ich fragen. Der Palffy deutet auf den gelben Vogel, der tot im Gras liegt.

»Wäre ich aber dieser Vogel«, fährt er fort, »wäre ich vom Herrgott so phantastisch schön geformt und gefärbt, wäre ich Sänger dieses sanften Liedes und hätte ich Flügel, um zu fliegen, da könnte ich einfach dem Schicksal nicht mißtrauen. Ich könnte unmöglich glauben, daß mein Gestalter mir einen gewaltsamen Tod zugedacht hat. Und doch gäbe es selbst für mich Märchentier jemanden, der bösartig genug ist, um zu meinem Henker zu werden.«

Der Palffy umarmt mich in einer verwirrten Geste, während ich beschäftigt bin, den Kadaver, die Pölster und die Flasche zu verstauen. »Ich danke dir, Kaunitz«, sagt er, »daß du dieses Hähnchen erschossen hast. Lebendig hätte ich es nie gesehen. Und ich danke dir, daß du dich in dieser Gemeinschaft des Erdkreises so eindeutig auf die Seite der Erzbösartigen gestellt hast ...«
»Hör auf mit deiner Theatralik«, sage ich mürrisch. Wir kommen zum Wagen, wo mir Josef ein Lederband gibt, an dem ich mir den toten Firol um den Hals hängen kann. War doch eine verzauberte Stunde. Wir fahren zurück in die Stadt.

Alltag, *dritter Teil:*
Sankt Michaelis

𝓦ir machen kurz Aufenthalt in einem Wirtshaus, das der Palffy empfohlen hat, vor der Brücke. Der riesige, gutmütige Hausherr, bringt uns submissest zu seinem besten Tisch. »Die Dicke an der Schank«, sage ich fröhlich zum Palffy, »hat eine dünnere Schwester namens Antonia, die ich kenn. Was für ein Zufall.«

So ein Getriebe aus dreckigen Seelen, und doch hat jeder die zwei Kreuzer, die ihm den Eintritt in diesen Palast ermöglichen, noch in seinem Sack. Ein Schankknecht bringt uns den Bierkrug und zwei Schweinsstelzen, und eine der Dirnen stellt uns Spucknäpfe vor die Füße, wobei ich nicht anders kann, als zu spucken, ehe sie damit fertig ist, und, Malheur!, ihre Pranken treff. Sie unterdrückt einen Fluch, und dann hör ich die Breite von der Schank meinen Namen ganz haßerfüllt herauszischen, und es ist recht genießerisch, auch in der Vorstadt bekannt zu sein.

Schließlich kommen wir, gegen Mittag, wieder vor die Burg. »Jetzt gilt es die Reputation!« sag ich zum Saiff, der wie eine seltsame Statue am Brunnen vor der Kirche Sankt Michaelis wartet. »Wir gehen zur Messe«, sag ich, »wie es die Ungläubigen tun, und Er wird mir hier warten!«

»Inshallah«, sagt Saiff und staunt über meine dottergelbe Beute. Er will mir den Pirolvogel abnehmen, aber ich bestehe darauf, ihn noch am Hals zu haben. So drängen wir uns durch die dichte Meute der Wiener auf das Haupttor von Sankt Michaelis zu, aber bald erlahmt das Vorwärtskommen, schon werden wir angesprochen, in Worten und Bilderchen, die mir weit lieber sind, denn die Worte sind allzu zudringlich und werden mit schrillen Stimmen und unter Zuhilfenahme fuchtelnder, grabbelnder Patschhände vorgetragen.

»Exzellenz Palffy, hier meine Nichte hat dramatisches Talent, wir bitten Exzellenz, wir bitten, wir bitten ...«

»Hier sind zwei Mädeln von Preßburg, königlicher Graf, könnten Dienst in Euerm Kassenraume tun, sind stark und arbeitswillig, königlicher Graf ...«

»Hoheit von Palffy, Hoheit von Palffy, ich mechte tanzen, bitte, bitte, nichts mecht ich so gern.«
Und drüber schlagt die große Glocke von Sankt Michaelis mit ihrem dumpfen Klang. Die Messe, zu der der Palffy und ich gehen wollen, ist in vollem Gange, aber noch sind wir lange nicht am Tor, immer mehr Stimmen erheben sich, immer mehr stinkende Händchen wehen vor unseren Gesichtern, und alle reden auf einmal. Jetzt ist's an mir:

»Durchlaucht Kaunitz geben bitte noch zwei Zehner für die Marie, welche am Karfreitage bei Euch zugange ...« – Wenn eine Geld will vor der Kirche, bin ich schnell bös, meine Stiefelspitzen sind aus Eisen, und da stieben die gierigen Weiberärsche schon auseinander. Bösartiges Geschrei erhebt sich, der Palffy hat schon zwei Schritt Vorsprung, aber keine zwei Augenblick danach hängt schon wieder was an meinem Rock, etwas ganz Kleines, das ist die Hanni, glaub ich, ich hab sie malen lassen, sie ist eine Rote und um die Schultern jetzt schon weicher:

»Königlicher Fürst, ich bin ins neue Quartier an der Wieden zogen, da ist was Unberührtes von den Franzosen überblieben, ich hab nichts zu leben, königlicher Fürst.« – Diesmal geht es sanfter:

»Hanni«, sag ich.

»Burgl«, sagt sie.

»Burgl, du mußt zu mir nach Haus und meinen Dienern deine Angab schriftlich machen.«

»Wenn ich mich aber vor Euerm Mohren fürcht«, sagt die Rote.

»Der frißt keinen«, sag ich und denk mir dabei: Das ist wohl eine Lüge.

Endlich sind wir durch das Tor. Die Stimmen versickern draußen in der Sonne. In Sankt Michaelis ist es dämmrig, und während wir von den dünnen Tönen eines Agnus Dei, das von der Empore klingt, umflossen werden, zwinge ich mich, nicht auf die letzten beiden Reihen zu schauen, wo solche Weiberärsche hocken, die man nur anzuklopfen braucht, und sie folgen einem nach draußen in den hellen Sonnenschein zurück.

Nein. Jetzt ist Messe. Manch guter Christ dreht sich herum und schaut den Palffy und mich, die wir uns im Mittelgang vorwärtsschieben, mit komischen Augen an.

»Möcht nicht wissen, was schon wieder predigt worden ist«, sagt der Palffy zwischen den Zähnen. Ich flüstere:

»Berühmt zu sein, mein Brüderlein, ist fein.«

Wir lehnen an einer der enormen Säulen, die Sankt Michaelis den Aspekt einer felsigen Grotte verleihen. Ich mache die Augen schmal und linse vor zum Hochaltar, dessen Relief stürzende Sünder zeigt: das Jüngste Gericht. – Nicht im Staate der Liebe, denke ich. Ich schließe die Augen jetzt ganz. Jetzt tauchen die Bilder auf, die ich malen lasse. So werde ich sanft. Dieser schöne Maientag wär schon zwei-, dreimal fast aus seiner Balance gefallen. Noch halte ich ihn in der Hand.

Als ich beim Sakramente neben dem Palffy an der Balustrade knie, da scheint es mir, als verengten sich die Augen des jungen Weihbischofs, des Preußen, ehe er mir die Kommunion in den Mund legt, als zögere er auch einen Moment nur mit seiner Gabe. Dafür schließe ich, als er mir den Leib Christi doch verabreicht hat, den Mund ein wenig. Hastig zieht er die Finger durch die leichte Berührung meiner Zähne. Gut so. Die Augen des Bischofs zeigen jetzt seine rote Wut. Ich schaue mit schwarzer Verachtung zurück.

Draußen, nachdem der Palffy meinerseits umarmt worden und ins Theater aufgebrochen ist, sagt mein Saiff:

»Sidi, in der Burg reden sie von drei Dutzend polizeilichen Anzeigen.«

»Von meinen eigenen Anzeigen?«

»Nein, vor den Anzeigen gegen Sidi.«

Ich schmeiße Saiff den gelben Vogel hin, der schon in der Kirche leicht zu riechen begonnen hat:

»Geh Er gleich zum Balgpräparierer!« Der Josef führt mich nach Haus. Jetzt bin ich wirklich zornig.

Alltag, vierter Teil:
Daheim

Mein Haus muß man groß nennen, auch wenn jede Form solcher behaupteter Größe, die ja nur auf die Kleinheit anderer Häuser sich berufen kann, natürlich lachhaft sein muß. Selbst ein Haus wie das meine, ein Haus, in dem wohl das Hundertfache der Menschen, die tatsächlich darin hausen, Platz fände, selbst ein solches Haus ist, wenn man es als von der Weltganzheit abgeschnitten betrachtet, als einen kleinen, abgegrenzten und daher eitlen Raum, absolut lachhaft.

Ich verstehe schon die Jäger wie den Erzherzog Gams, den Bruder seiner Allerkatholischsten Unterlippe, die Jäger, welche sich nur unterm Himmel bewegen und behaupten, ihr Weg sei unbegrenzt, alle Richtungen des Himmels lägen quasi ausgerollt vor ihnen da.

Aber andrerseits leb ich viel zu gern in der Stadt. Häuser, Schlösser, Paläste, alles, was kleine Kästchen vom großen, freien Gasraum um unseren Planeten abtrennt, ist zwar dumm. Aber dennoch brauch ich ein Haus. Und oft genug freu ich mich jenes Hauses, das mein Großvater erdacht, mein Vater gebaut und ich vollendet habe, oder doch: in wenigen Tagen, wenn das Badehaus fertig sein wird, vollendet haben werde.

Vor mir liegen andere Wege ausgebreitet. Mein Reich ist geheim. Der Staat der Liebe verträgt kaum Blicke. Der Staat der Liebe wird schon jetzt von allen Seiten genug verseucht.

Ich bin zornig. Ich habe zu viele Dienstboten hinausgeworfen in den vergangenen Monaten. Mein Mißtrauen ist zu groß, um auch nur wenige von ihnen zu dulden. Seit die Dienstboten aber weg sind und ich nicht dazu gekommen bin, selbst welche einzustellen, und Saiff, dem es als meinem Wesir obläge, solches zu tun, es auch nicht tut, weil er selbst noch viel mißtrauischer ist und überall Agenten des Kaisers, des Polizeiministers vermutet oder gar glotzende Schergen des Palffy – da muß ich ihm stets widersprechen! –, seitdem also verkommt mein schönes, großes Haus, und das stört mich zwar nicht immer, aber doch in den Stunden meines Zorns. Ich stoße Türen auf. O Gott, diese Türen sind so hoch, als wären sie für die Halbgötter Griechenlands und nicht für die Kleingreißler Wiens errichtet. Es strengt mich an, so viele von ihnen aufwerfen und zuschmeißen zu müssen, durch so viele Räume zu pilgern, um zur Zielscheibe meines Zorns, zu meiner Frau, zu gelangen. – Wieder eine Wüstenei, wieder Unordnung, wieder Haufen von Dreck. Gäbe es hier eine anständige Hausherrin statt meiner intriganten Frau, einen starken hilfreichen Geist, dem ich vertrauen könnte, wäre alles in Ordnung.

Aber meine Frau! Oh, ich glühe schon.

Mein anstrengendes riesiges Haus. Es ist zweistöckig. Es hat kunstvolle Sternböden, gelegt aus dem Holz der Wälder, in denen ich aufgewachsen bin. Die Räume des Hauses sind sechs Meter hoch. Jetzt, da es noch kühl ist in den Nächten und geheizt werden muß, jetzt sammelt sich am Morgen die restliche Wärme vom Vortag an den Plafonds, und in diesen Augenblicken liebe ich meinen faden Vater mit seiner Leidenschaft für Gedrucktes: Kleine Treppen und Galerien hat er in vielen seiner Zimmer bauen lassen, die zu den liebsten Vorräten dieses Hamsters führen: zu den Giftkästen seiner Büchersammlung. Da läßt es sich auch für mich trefflich sitzen, morgens nach kalten, einsamen Nächten; sieh da, da oben ist noch etwas Wärme, ja Schwüle des vergangenen Tages hängengeblieben, und hier zieht der todtraurige Sohn ein Buch hervor, die *Soror Monika* vielleicht, von unserem wohlbekannten musizierenden Anonymus:

Die Hexe sah reizend geil aus. Ihr kurzes, wie eine englische Admiralflagge wehendes Unterröckgen bedeckte kaum die Kniee, und ein nachlässig über den bloßen Achseln hängendes Busentuch enthüllte, wie es ihm aufgegeben zu sein schien, die schönste Brustvertiefung, die je als Apotheose Venus Clunis und aller weichen, glatten, zitternden Arsbacken das Licht des Tages ohne häßliche Heimlichkeiten verriet ...

Was für ein Tanz, vor der Revolution und dem Kongreß, was für ein Leben! Die Räume meines Hauses: Jetzt, da ich zornig bin und schnell am Ziel sein will, spüre ich, wie viele es sind. Die Räume sind wie bei einer Kette mit halbblinden Perlen auf den beiden Stockwerken aufgefädelt. Sie sind ein schmutziger Kreuzweg, und seine letzte Station sind die Baderäume der Fürstin. Die Wut gibt Antrieb, und der Schmerz in den Schultern vom Aufstemmen der Flügeltüren läßt nach.

Über die Jahre habe ich den pfeilgeraden Plan meines Vaters untergraben und neben den Flügeltüren auf Stirn- und Rückseite jedes Raumes noch eine Anzahl von Spiegelpforten, Tapetentüren, falschen Kaminen und Durchschlupfen errichten lassen. Gemeinsam mit den Treppchen und Galerien des Vaters ergibt dies jetzt ein diffiziles Netz. Ich hätte schnellere Wege zur Verfügung, da bin ich sicher, aber bei all den baulichen Veränderungen habe ich selbst den Überblick verloren, ich glaube, daß nur Saiff sich wirklich auskennt. – ›Sidi, wenn wir gehen müssen‹, sagt er manchmal, ›ist der Weg schon vorgezeichnet.‹ Doch mir bleibt jetzt, in meinem Zorn, nur der Weg durch die Flucht meiner Ahnen. Ein Zimmer nach dem anderen. Alles ist wüst und schmutzig. Ich brenne jetzt. Himmel, was räumt hier niemand auf!

Schon im ersten Raum, im Teesalon, ein solches Durcheinander! Hatten wir früher nicht oft Gäste? Es sind so gesellige Zeiten! Zerwühlte Vorhänge, die jemand – War das ich oder die Fürstin in Aufregung? Der Wind? – von den Stangen gerissen hat, zerbrochene Gläser, ein verdorbenes Kalbszüngerl auf einer Silberplatte mit Erbsen.

Im nächsten Raum herrscht ein so muffiger Geruch, daß ich die Fenster aufreißen will, aber ich habe keine Übung darin; ich schrei herum, aber es hört mich freilich keiner, ich selbst habe ja alle in die Ställe zum Umbau geschickt. – Mein Badehaus. Meine Bildergalerie. Der Staat der Liebe, mein Gott. Ich habe immer weniger Kraft. Ich bereue schon, daß ich Saiff zum Präparator habe gehen lassen, so viele Befehle gäbe es grad, oder wenigstens das Riegelchen könnte er finden, das die vermaledeiten Fenster öffnet. Aber ich will ohnehin weiter, in die Baderäume, ich muß strafen!

Im dritten Zimmer stoße ich auf einen alten Krüppel. Zusammengerollt liegt er unter einem blauen Leintuch und versucht, seinen Rausch auszuschlafen, was ihm nicht gelingt, denn wenn er kurz aufwacht, so säuft er weiter. Die Karaffe mit dem staubigen Roten steht neben ihm. Ein Schuster, glaube ich, der Vater der kleinen Marie; die war vor zwei Tagen hier, er hätte sie holen sollen, aber das Kind ist längst weg, und dieses Viech hier ist wohl übriggeblieben. – Ich schmeiß die Karaffe an die Wand. Davon wacht er auf. Aber was ...!

»Fort!« schrei ich und tret ihn mit dem Fuß, obgleich er mich andererseits rührt. Er krabbelt ganz langsam auf.

»Fort!« – noch einmal, jetzt bin ich schon an der Tür. Diesmal kippt meine Stimme und wird ganz hoch. Ich hasse das. Ich klinge dann wie ein Kind. Jetzt hasse ich den Schuster aus ganzem Herzen.

»Ausstopfen lassen«, geile ich dem Hinkenden nach, »ausstopfen lassen sollt man euch!« Die letzten Räume der Beletage, meine Delinquentin ist natürlich nirgends zu finden, ich bin schon fast auf dem Sprung in den höheren, den privaten Stock, da fällt mein Blick durch die offenstehende Tür der kleinen Waschküche, und mir schießt ein, wie ich die Strafe verschärfen kann. – Hier in der finsteren Waschküche hausen die armseligsten Bewohner meines Liebesstaates, die grauslichen Tiere: Mein Maler hält einige große Schlangen in Kisten, mit denen er die Modelle drapiert. Ich selbst halte mir hier ein paar Molche mit scharlachroten Giftbäuchen, ein goldgelbes Chamäleon hängt an der Decke, Dosen stehen

herum, deren Inhalt ich vergessen habe, und ein Kübel auf dem Boden, dessen Inhalt ich suche: Graue, wäßrige Flüssigkeit füllt diesen Kübel, und eine zarte Bewegung, die nicht einem Wesen allein zuzuschreiben ist, kräuselt ihre Oberfläche.
Ich beliebe ihr Goldfische in die Wanne zu schütten. Sie liebt den Kitzel.

Mein Haus wird im allgemeinen als Palais bezeichnet; dabei muß ich sagen, daß wirkliche Palazzi nur südlich der Alpen stehen, aber das ist mein persönlicher Geschmack. Mein Palais also stellt von oben gesehen ein großes L dar: ein L wie in Liebe. Die lange, dicke Hauptsäule dieses Ls ist das Haupthaus, dessen zweites Stockwerk ich jetzt betrete, zornig, schwer atmend, den Kübel, aus dem ich Flüssigkeit verschütte, hinter mir herschleppend. Alles an diesem zweistöckigen Hause ist schwer und solid. Leute wie mein Großvater, mein Vater, Leute, die solche Häuser bauten, hatten die Türken noch nicht ganz vergessen.

Von oben sehe ich aus einem Fenster: Erst später kam der schmälere Fußbalken des Ls hinzu, nur einstöckig, zweckmäßiger, wenn auch außen ganz hübsch hergerichtet. Oben lebten früher die Dienstboten, unten gähnt ein lachhaft großer Stall. Wer braucht mitten in der Stadt so viele Pferde? Mein Vater hat sich die Pferde noch geleistet, und ich mir einige Jahre wenigstens noch den Stall, denn zu Kongreßzeiten gab es noch jede Menge kutschierte und berittene Gäste. Jetzt sind die Wiener mehr und mehr unter sich. Ich behalte ein kleines Abteil für acht Rösser. Der Rest wird mein Maler-Bilder-Badehaus.

Doch der Blick aus dem Fenster sagt mir, daß wieder nichts weitergegangen ist. Die Schätze aus dem Wüstenland sind alle hier! Der Umbau könnte längst fertig sein. Innerlich schreie ich schon vor Ungeduld, ich ließe es zu gerne hinaus, aber ich möchte meine Delinquentin nicht warnen. Ist sie nicht schuld, daß mein Musenhain nicht wachsen kann? War es nicht wieder ihr Geschwätz zu ihren Cousinen von der Starhembergseite, das mich in die Hofburg kommen machte, zu den Hendlhintern an unserer Staatsspitze?

Jetzt bin ich im eigentlichen Lesezimmer meines Vaters: Hier stehen jene Bände seiner Bibliothek, die ihn am meisten interessierten: Kant, den er zuletzt entdeckte. Goethe, der noch immer dichtend vor sich hin stirbt, wie es heißt. Und die gebundenen Tagebücher seines eigenen Vaters, des Kanzlers. – Geschichte! Wer will das schon, wo doch das Schreckliche an der Geschichte ihre Unabänderlichkeit ist. Mein Vater: ein Grabesgärtner, todlangweilig und jetzt selbst tot. Und dennoch, eins ist geradezu zauberhaft: Dieses Lesezimmer ist immer aufgeräumt, wo doch auch hier Verwüstungen passieren. Manchmal komme ich hierher, mitten in der Nacht, und reiße an den Bücherrücken aus Wut, schmettere die Siebensachen des Toten zur Erde und versuche, meine Wut wie einen Keil in diese verfluchte Weltordnung meines Vaters und Großvaters hineinzutreiben; ich versuche sozusagen, das zu erschaffen, was aus ihrer Welt trotz aller Ordnung geworden ist, ein Land ohne Herrschaft außer jener der Beamten. Ein blutiger Grund ohne gültige Markierung. Ich bin in solchen Nächten selbst Revolution. – ›Sturm im Bücherzimmer‹, hat die Delinquentin gehöhnt, und ich habe sie dafür fast erschlagen, aber dann doch leben lassen. Warum nur?

Sie liebt den Kitzel. Vielleicht ist sie es, die heimlich diesen Raum immer wieder aufräumt. Ohne Personal! In keinem anderen Raum kehrt wieder Ordnung ein, aber hier schon. Als ordneten sich diese Bücher von selbst. Als würden diese Lesesalons mit ihren Folianten dafür sorgen, daß sich die Zeiten nicht wirklich ändern. Aber ich glaube doch, die Fürstin, die Delinquentin, räumt das Zimmer meines Vaters immer wieder auf. Eigentlich liebte sie ihn und nicht mich. Oder doch diesen Namen, den er, anders als ich, noch richtig tragen wollte. Ich hasse dieses Weib.

Zwei Räume noch: erst mein eigenes Studio, voller unerle-

digter Briefe, Wechsel, Listen und Rechnungen. Die dringlichsten Dinge erledigt die Fürstin, natürlich, auch deshalb habe ich sie bisher leben lassen. – Dann unser Schlafzimmer. Meine Seite des Bettes ist völlig unberührt. Wann habe ich hier zuletzt geschlafen? Ihre Seite ist benützt, aber nicht zerwühlt. Die Bestie schläft ruhig und lang in ihre Tage hinein.
Aber jetzt! Meine Schulter kracht gegen das letzte Paar Türen. Spiegel starren mich an, fest geschlossene Vorhänge, Kerzen.
Die Fürstin liegt natürlich in der Wanne.
Wieder scheint mir, ihr Leib ist knochiger geworden. Wieder sehe ich das, was ich schon bemerkt habe, als sie noch jung und möglicherweise sogar schön gewesen ist: diesen harten, fast marmornen Glanz ihrer Haut. Als wäre sie aus Stein. Stirbt sie etwa deshalb nicht?
Die Fürstin zuckt zusammen, als sie mich sieht. Ihre Augen werden eng. Jetzt kann ich schreien.
»Wer hat mir korrespondiert«, schreie ich, »daß das Schweigen golden sei? Wer hat das geschrieben, vor dreißig Jahren?« Die öligen Substanzen in ihrem Badewasser ziehen sich in Ringen um ihren Leib zusammen, der jetzt ahnungsvoll im Wasser verschwindet.
»Hat Sie geredet, will ich wissen!«
»Ich bin ja nicht stumm«, sagt sie leise und sachlich.
»Über mich?« – Ich stelle den eisernen Kübel ab. »Und mit wem?« Ich finde einen Schürhaken, der zum Ofen des Baderaumes gehört, schmeiße ihn mit aller Kraft in Richtung der Wanne. Er trifft ein Regiment bunter Flaschen, das er zerschmettert. Meine Frau zieht sich noch tiefer in die Wanne zurück und sagt kein Wort.
»Ja, geredet«, sage ich, »und dann, wie ich zur Antwort in die Hofburg gerufen werde, ich, der ich nichts anderes will als ein Leben in Frieden und Liebe, als man mich dort gequält und sekkiert hat, da hat Sie sich seelenruhig um Ihren Schlaf und Ihr Bad gekümmert, etwa nicht?«

Währenddessen bin ich an die Wanne getreten, habe den Schürhaken aufgehoben und jedes meiner Worte mit einem Schlag auf den Rand der eisernen Wanne unterstrichen. Der Lärm ist ohrenbetäubend. Meine Frau hält sich die Schläfen. Ihre engen Augen fixieren mich. – Ein Lakai aus Italien, Steffano, erscheint an der Tür: »Durchlauchten einen Wunsch?« – Ich höre den Hohn in seiner Stimme, die Fürstin kichert. Ich ziele mit einem Pistolet, das ich aus dem Stutzer ziehe, auf Steffano, der sich verbeugt und geht. Die Fürstin hat wieder diese tiefe, kalte Verachtung in den Augen. Schon so viele Jahre. Warum sie nicht leidet? Es könnte mich versöhnen. Auch mehr Geschrei würde helfen. Aber diese engäugige Verachtung ... So schreie ich wieder selbst: »Was ich will, ist Respekt!« Ich packe jetzt den Kübel. »Hier ist ein kleines Brüderchen für jede Lüge über mich«, rufe ich und gieße den Inhalt in die Wanne. Jetzt kreischt sie endlich. Sie schießt hoch, steht aufrecht tropfend im Bad.

»Sie Ekel!« kreischt sie. Und mir scheint, als lachten draußen hinter den Doppeltüren ein paar Lakaien, oder doch die Geister verstorbener Lakaien meines Großvaters. Ha! Endlich wieder Fröhlichkeit in diesem Hause! Die guten Häute: Sie kennen unser Spiel. – Jetzt tropft langsam der Schaum vom zitternden Körper meiner Frau, und ich sehe die kleinen Geister, die vorhin die Oberfläche des eisernen Kübels so zart in Wallung gebracht haben: Ein paar von ihnen haben ihre runden Mäuler in den Marmorleib der Fürstin geschlagen. Blutegel. Einer sitzt am rechten Schenkel, an der Innenseite, zwei weitere eng beisammen auf der Schulter. Dünne Blutfädchen rinnen unter den Mäulern der Würmer hervor. Da sehe ich noch einen: auf der Unterseite ihrer rechten Brust.

»Jetzt kann Sie ein Loblied auf den Kaiser singen«, schreie ich in wackeligem Triumph, denn die Augen meiner Frau sind noch nicht von mir weggegangen, »oder lieber ein Schimpflied auf mich?« Ich versuche, sie zu würgen; ihr Hals ist rutschig.

Meine Frau trachtet zugleich, die Tiere, die an ihr saugen, abzureißen; sie tut es zu schnell, die Zähnchen bleiben natürlich stecken, später wird der Arzt kleine entzündete Wunden behandeln müssen. Was sie ihm erzählt, weiß ich nicht. Den Egel an ihrer Brust übersieht meine Frau, was mich freut. Bei meinem Versuch, ihr die Luft abzuschnüren und dabei nicht in die Wanne zu fallen, habe ich nun einigermaßen Grund gefaßt. Meine beiden Daumen liegen an ihrem Kehlkopf. Sie kriegt kaum Luft, schluckt schwer, und bei jedem Schlucken hüpft dieser Kehlkopf auf und nieder. – Was für ein herzenssüßer kleiner Körperteil! Wie der Leib eines Singvogels.

»Fürstin«, sage ich, »Sie kann mir glauben, heute habe ich einen kleinen gelben Vogel, einen Pirol, von seinem Ast geholt. Sein Brustkorb war von derselben Größe wie Ihr Kehlkopf.« Ich mache eine Pause. »Soll ich den auch zerstören, damit er für immer schweigt?« frage ich dann.

Woher hat sie plötzlich diese Kraft? Sie stößt mich, ich gleite auf den Steinplatten aus, schlage hin, liege auf dem Rücken wie ein Käfer, komme nicht gleich auf die Beine. Das Reißen ist plötzlich da. Es tut weh. Ich habe mir die Kraft schlecht eingeteilt. Die Teufelin, sie hat wieder gewonnen. Der wilde Kachelschlag auf den Rücken läßt mir die Luft ausgehen.

»Nicht *ich* spreche«, sagt meine Frau jetzt und greift nach einem Handtuch, »alle sprechen. Keiner spricht nicht über Ihn. Und immer lauter lachen sie auch dazu.« – Ich keuche und starre sie an.

»Aber mein Vergnügen«, sagt sie jetzt eisig, »ist das größte. Denn ich bin bald der einzige Mensch, der noch bei Ihm lebt«, – jetzt ist sie an der Tür –, »und ich lache schon seit dreißig Jahren!« – Dann ist sie weg. Von draußen höre ich noch einen einzelnen spitzen Schrei, das war jetzt der Egel an ihrem Busen, aber ich kann mich nicht mehr freuen. Die Kraft ist verbraucht. Ich weine.

Wie kann sie so verletzend sein! Ich halte ihre Sätze nicht

aus. Alle grauen Gesichter dieses Tages ziehen siegreich an mir vorbei: die Idioten in der Hofburg, dieser Imperator der Peinlichkeit und sein monströser Kanzler, der feige Lemur Palffy, das arrogante Schweinsgesicht dieses Bischofs in Sankt Michaelis. So verschwinden die Bilder meiner Kinder im Staate der Liebe. So verstummt der unsterbliche Gesang des erbeuteten Pirols. Und wem hilft es bei so viel Trauer, daß es nach Flieder riecht?

Ich weine immer heftiger. Ich entkleide mich und steige in das Wasser der Fürstin, auf dessen Oberfläche jetzt die toten Egelchen treiben, verbrüht von der Hitze, vergiftet von den Badeölen meiner Frau. Was für eine böse Frau! Ich bin sehr allein. Ich weine bitterlich.

Im Bad werde ich zu einem der kleinen Blutegel; der Gedanke tut wohl, ein solcher zu sein, und schließlich bin ich ganz sauber.

Jagdschweiß des Morgens, Zorn des Nachmittags! – Ich weine und krieche in einem seidenen Bademantel schließlich in mein Arbeitszimmer. Die Fürstin: nirgendwo. Womöglich schon wieder im Gespräch. Ich starre auf einen Brief, in dem mir der Verwalter von Austerlitz das langsame Verkommen meiner mährischen Ländereien berichtet. Der Brief paßt zu diesem Tag. Ich weine noch immer, schwach und geknickt, beinahe ausgetrocknet, jedenfalls auch entgiftet. Ich räume zwei Stapel mit Papier zur Seite; da ist ja die flache Dose, daneben liegt auch das Pfeiflein; gut, das wird helfen. Ich hülle mich in Rauchschwaden. Ich rauche das Pulver pur. Für den Abend nehme ich eine großkarierte Hose, das geblümte Gilet, schwarzen Stutzer, neues Seidentüchel. Am Ende finde ich mich vor einem verschmierten Spiegel und versuche, mein Haar so um das Gesicht zu legen, daß man die verheulten Augen nicht sieht und auch nicht, wie dick ich geworden bin, das Vergehen der Zeit auf meinem Gesicht. – Leichte Pelerine, schwarzer Stock. Kein Stiefel ist sauber, Herrgott. Aber wer fragt einen Fürsten nach Dreck?

Ich denke an die kleinen Mädchen im Staate der Liebe. Übernächste Woche will der Maler beginnen. Am Ende, denke ich, ehe ich die Haustür öffne, am Ende werde ich euch Wienern gezeigt haben, welche eure Schönste ist!

Plötzlich tritt sie aus dem Dunkel der Halle. Die Fürstin. Sie ist beinahe so groß wie ich. Ja, sie ist knöchern, aber schön. Ich fürchte sie. Ich möchte sie niederwerfen. Aber ich bin ohne Kraft, ich mußte zu sehr heulen. Ich schaue sie nur mit einem unendlich elenden Blick an.

Sie sieht es, und für einen winzigen Moment kehrt Gnade in ihre Augen ein; sie zieht ein weißes Spitzentaschentuch hervor und trocknet mir ein letztes Tränchen ab. Dabei berührt ihr Finger meine Wange, und sie wird wohl gewärtig, wie weich meine Wange geworden ist, denn sie muß lächeln.

Dann ist der Moment vorbei.

Alltag, fünfter Teil:
Endlich a Vargniegen!

*D*raußen sitzt Saiff auf dem Kutschbock. In der Kutsche hockt ein kleines Mädchen, dessen Namen ich nie erfahren habe. Schwarze Ringe unter den Augen, weicher Mund. Es passiert gar nix. Sie sitzt nur da und starrt mich an. Nach der Wienbrücke sage ich:

»Wenn du groß bist, werden wir Mann und Frau.« Sie lacht und hüpft aus dem Wagen.

»Endlich a Vargniegen!« sagt ein Jude, der mir Geld leiht, immer dann, wenn er es hie und da zurückkriegt.

Ich betrete das Theater. Hinter der Tür steht der Palffy.

»Fast hätt ich deine Loge hergegeben«, sagt er. – Fast. Er würde es nicht wirklich tun, ich würde ihn erschießen. Es ist ein Witz, den er immer macht. Warum hier niemand gute Witze macht. – Als der Palffy in der Loge fragt, ob ich Begleitung möchte, sage ich nein.

»Möcht allein sein. Hab mich kränken müssen.«

»Ach«, macht der Palffy und schließt die Tür hinter sich. Aber dann kommt er noch einmal und deutet auf die Bühne.

»Das da unten, Kaunitz, vergiß nicht«, sagt er, »das ist *meine* Menagerie!«

2. KAPITEL — TANZEN

Anna Vihwanz' Darstellung des 24. Mai 1822

𝓛ange nach diesem Tage hat der Polizeidirektor einmal gesagt, es werde mir wohl schwerfallen, mich an ihn zurückzuerinnern. Dabei ist es ganz anders: Viel vom Schönsten in meinem Leben ist an diesem Tag zusammengefallen, und nichts ändert was dran, auch nicht die Nacht, die danach gekommen ist und die der Polizeidirektor wohl meinen wird, wenn er von ›diesem Tage‹ spricht.

Auch die Nacht vergeß ich nicht, ich erinner mich täglich im Bett an diese eine Nacht, bis die Cillin mich so drückt, daß ich einschlaf. Diese nämliche Nacht ist wohl schlimm gewesen, schlimmer als alles Vorherige und Nachmalige. In meinem Leib gibt es Knochen, die von dieser Nacht her noch immer schmerzen, wenn auch der Bader sagt, solche Knochen habe kein Mensch im Leib. Und obwohl mit den Winterwochen die Zeit kürzer wird, die ich jeden Abend mit den Gedanken an jene Nacht zubring, so kann ich sie trotzdem nicht vergessen. Ich will es gar nicht. Mit ihr würd wohl auch dieser helle, schöne Tag verlorengehen, und den mag ich nicht missen, nie.

Vihwanz, Anna, geboren unbekannten Tages anno '10.
Seit frühest in Pflege bei Vihwanz, Cilli, auch Cillin oder Zillin, Gärtnershilfe bei den Hochwürdigen Brüdern Karmeliter.
Beider Wohnort: die Krummbaumgassen, Haus Numero vier.
Im Bürgerschulbesuche begriffen, nebstbei seit dem Weihnachtsfest '21 im Ballettdienst im Theatersaale an der Wien.

Fünf, sechs Wochen vor jenem bewußten, die Untersuchung des Polizeidirektors betrefflichen Tage ist es nämlich passiert, daß mich zwei Gendarmen mit den Bettelmädeln aus der Schiffamtsgassen aufgegriffen haben, und eins nach dem anderen wollten sie alles Obige wissen, und bis ich's beisammen hatt, war so viel Zeit dahin, daß ein Nachmittag fürs Spielen und alle Übungen vergeudet war. Ich hab mir gelobt, alles schön im Kopf zusammenzulegen, damit ich beim nächsten Mal schneller wieder vom Amt fort bin. Seit damals ist von mir dies Wichtige auf ein altes Heizpapier mit dem Kohlestift geschrieben, zum Wiederholen, und ich hab mich das erste Mal gefreut, beim gesetzlichen Schulgang doch mehr als das Halbe gelernt zu haben; Lesen gar nicht schlecht und Schreiben, wenn ohne Eile, auch.

Krummbaumgassen, Haus Numero vier. Dort, im zweiten und höchsten Stockwerk, ist unser neu gemaltes Zimmer und am Eingang eine Küche. Wir sind bedürftig und haben vielmals Hunger. Beide stehlen wir hie und da zu essen. Aber die oberste Pawlatschen, die vor unserem weißen Zimmer vorbeiführt, die schaut nach Sonnenuntergang, über die Donaugräben zu dem Kahlen- und dem Sauberg. An den wolkenlosen Abenden liegt unser Zimmerchen in so rotem Licht, daß wir mitsamt unserem Hunger glücklich werden können. Das ist unsre heilige Stund, die wir uns nicht stören lassen, ich und die Cillin, die nicht meine wirkliche Mutter, wenn auch immer schon dagewesen ist.

»Schon recht«, hat die Cillin gelacht, wie sie meinen Zettel gelesen hat, und sie braucht lang fürs Lesen, »schon recht, wann 's Annerl weiß, wo's wohnt am Erdenkreis.« Die Cillin hat mir manchmal einen Reim gemacht, früher; jetzt ist's ihr vergangen, wie sie sagt. – Wie ich's einmal aufgeschrieben g'habt hab, waren die Sachen leicht zu merken, und jeden Tag in der Früh hab ich's repetiert, auch am nämlichen Tag.

Vorm Schulgehen gibt mir die Cillin eine halbe Scheibe

Brot. ›Langsam‹, sagt sie immer, wenn ich's eß, ›langsam halt länger.‹ Einen Schluck von ihrem Malzkaffee und ein kleines Restel Rotwein krieg ich auch, dann gehen wir, ich von der Cillin gekämmt und sie von mir, sie zu den Brüdern Karmeliter und ich ein Eck weiter zur Bürgerschul in der Werd.

So war das jeden Tag, und am nämlichen Tag, einem Samstag, auch. Daß ich jetzt nicht lügen muß: Am nämlichen Tag ist nichts von der Schule übrigblieben in meinem Gedächtnis, und auch das kommt nicht wegen der folgenden Nacht, wie der Polizeidirektor stets meint, sondern weil der Abend die erste Aufführung des Kinderballettes *Das Gastmahl der Tiere* gebracht hat, mit meiner ersten eigenen Partie, dem Käferl am Ende vom zweiten Akt. An jenem Abend war es vorgesehen, daß ich mit weit ausgebreiteten Flügerln in eine fressende und saufende Runde von Tieren flattern sollt, um sie vor dem Übel des dritten Aktes zu warnen. – »Dein Flattern, Anna, muß die ganze Katastrophe schon zeigen, ohne sie jedoch zu verraten!« hat der Ballettmeister gesagt. – Ich sollt über die gesamte Bühne flattern, mithin tanzen, und dann den kleinen vierzeiligen Spruch aufsagen, den der Librettist dem kleinen Käfer zugedacht hat. – »Drohend und paniklich, Anna, mußt du's sagen, vergiß das nicht!«

An was sonst als an dieses hätte ich während der Schule denken sollen. Der Lehrer hat es wohl die ersten drei Stunden nicht bemerkt, und die vierte hat er uns seilspringen lassen und selbst ein Journal gelesen. Mit dem Seil, wo ich wohl einige Geschicklichkeit aufbringe, habe ich meinen Spruch sogar laut aufgesagt, meinen Schulfreundinnen zum Gaudium:

Die Wiese brennt,
Die Wälder auch,
Wohin man rennt,
Ist lauter Rauch.

Am Abend dann, im Theater, so hatten wir's geprobt, sollten die wilden Tiere, der Panther, die Tigerin, der wilde Affe und natürlich der Leu, kurz in ihrem Mahle innehalten, um zu lauschen. Aber dann sollte das Zechen meiner Warnung zum Trotze weitergehen und der Vorhang nach dem zweiten Akt fallen.

An diesem Punkt des nämlichen Tages habe ich mich sehr darauf gefreut, wenn verständlicherweis auch gefürchtet, denn wieviel Malheur kann passieren beim ersten Mal. Auch ist das Theater so groß und mysteriös, daß ich mich vor dem nämlichen Tage wohl schon vier oder fünf Mal verirrt habe, in den langen Schlupfen und Durchgängen hinter dem Bühnenraum. Bei den Proben hat man stets am Licht gespart, und das warme Bier, das wir zur Jausen gekriegt haben, hat ein übriges getan.

Aber am diesem Tag, hat man uns versprochen, sollte das Theater an der Wien übermäßig hell erleuchtet sein.

Von der Werd ist es nach der Schul kein langer Weg bis zum Kloster an der Taborstraßen; auf dem Tandelmarkt verlier ich mit der Leni, die dort zu ihrer Großmutter hinters Gemüse rennt, die erste Gesellschaft, bei der Tischlerei in der Sperlgassen ist die Gertl auch fort, weil dort ihr Vater der erste Gesell ist und ihr sicher was zur Jausen zustecken wird. So geh ich wie jeden Tag die Klostermauer ganz allein entlang, aber von dem Geruche, der am nämlichen Tage über diese Mauer geweht ist und in meine Nasen hinein, von diesem Geruch ist mir das Glück jenes Tages so recht im ganzen Kopf ausgebrochen, so frühlingshaft hat es gerochen, nach den Fliederbuschen und den giftigen weißen Maiglocken, nach dem Holler und den anderen Kräutern der Ehrwürdigen Brüder.

Und wie ich mit einem Winken am Frater Pförtner vorbei bin und der mich so angelacht hat, ist mir verständlich geworden, daß auch die Hochwürdigen Brüder betört sein müssen von diesem Frühlingsduft, da sie in ihrem Garten ja in seiner Mitte wohnen. Diesen großen Garten wird ihnen der liebe Herrgott selber gepflanzt haben, wie manch einer bemerkt hat, damit er ihnen das Gebet lohnt, die Frömmigkeit und die Gnade, meiner hungrigen Mutter, der Cillin, eine Arbeit zu geben seit Jahr und Tag.

Wenn ich durch den Kreuzgang muß – und das muß ich immer, um zu finden, wo die Cillin steckt –, schlag ich nach Gefühl alle paar Schritte ein Kruzifix. Das kommt, weil ich immer ziemlich bang bin in diesem Bogenwerk, das selbst im Juli noch klamm und kalt ist, und dann sehen's die Patres gern, wenn die Kinder Kruzifixe schlagen. – Pater Hermann aus der Küche ist am nämlichen Tage ebenso im Frühlingsglück gewesen und hat mir gesagt:

»Die Cillin ist wohl zurück ins Grüne, weißen Flieder fürs Refektorium rupfen, aber grad zuvor hat sie mir den Lauch für die Suppen bracht, und jetzt bringst du ihr den Hendlhaxen in den Garten, selber kriegst auch einen!«

Das Fett ist von den Haxen getropft, und ich hab einen in jeder Hand gehalten und bin so durch die ganze Länge des Gartens spaziert, der im ersten Teil Beete hat und alte Bäume, die im Herbst das Obst für den Schnaps der Mönche tragen. Hinter dem Löschteich, an der Mauer, stehen die Flieder, und davor ist die Cillin auf einer angelehnten Leiter gestanden. Und ich hab angefangen zu schütteln, und meine Pflegmutter hat so lachen müssen, daß es sie fast von selber heruntergeschmissen hat. Dann ist sie doch noch herabgestiegen, und wir haben an den Haxen genagt.

»Die Schul?« hat die Cillin gefragt.

»Nicht viel. Seilspringen und Lesen.«

»Und was lesen?«

»Hab's vergessen.«

»Vergessen!« hat die Cillin gekreischt und mich so fest gezwickt, daß ich hab quietschen müssen.

»Hast nur ans Theater denken können«, hat sie gesagt. – Vom Zwicken hab ich allerhand blaue Flecken am Leib, so gern tut's die Cillin, aber sie ist mir immer gut, und ich muß lachen dabei.

»Ein bissl«, hab ich gesagt. Und schon hab ich lachen müssen. Und die Cillin hat gesagt, daß von mir bis zur Taglioni noch ein langer Weg zu gehen ist, und da darf man nicht rasten. Und sie hat recht, weil die Taglioni ist doch die größte Tänzerin vom Kärntnertor und ich bin die Kleinste an der Wien.

»Jetzt zeig her«, hat die Cillin gerufen, »wie geht die Musik?« Und so gut ich's hab können, hab ich der Cillin die unheilverkündenden Dreiviertelnoten vorgesungen, die meinen Auftritt begleiten. Di-rim-titi, dim-dirili, dim-dirili, rim-titii ... Dann hat sie die Melodie gesungen, und ich hab dazu getanzt. Es ist gut gegangen, im Garten der Patres. Wenn ich heut drüber nachdenk, hab ich an diesem Mittag weniger zur Probe für den Abend getanzt als eher, um meiner Ziehmutter, der lieben Cilli, zur Freude zu sein. Und bin ihr damit tatsächlich zur Freude gewesen, vor den hocherblühten Fliedersträuchern, die, wie die Cillin mir später berichtet hat, in den folgenden heißen und trockenen Tagen zusehends verwelkt sind.

»Lustiges Käferl, Annerl, jetzt ein trauriges Käferl, und jetzt das Käferl, was sich fürchten muß!« hat sie gerufen. – Später ist sich die Cillin ihre paar Kreuzer von den Patres holen gegangen; Samstag ist, Premierentag, heut tanz ich, hab ich zu der Zeit gedacht, und morgen schlafen wir lange aus.

»Zum Markt noch«, sagt die Cillin.

Auf dem Markt ist so viel Dreck, daß es spritzt, und die Cillin und ich weichen aus, weil die Cillin sagt immer: ›Die Leut schaun alle aufs G'wand und die Sauberkeit.‹ Deswegen haben wir gewaschene Kittel und Schürzen und gestärkte Hauben, und auch wenn alles zusammen nicht viel wert sein wird, die Haar unter den Hauben sind doch glänzig gekämmt und die Händ immer sauber. Wenn die Kutschen spritzen, weichen wir aus, und wenn ein Kutscher extra schnell über den Markt kommt, dann kann die Cillin schon schreien, und wenn sie schreit, so schießt's wie Eisen aus ihren grauen Augen, und ich hab schon ein paar Kutscher Respekt kriegen sehen.

Jetzt steht die Cillin mit den Weibern am Bäckerstandl, und ich hab die Gertl wiedergetroffen, unten, wo die grauslichen Bauern ihre schwarzen Erdäpfel verkaufen. Die Gertl hat noch immer das halbe Stück Würstel aus der Werkstatt von ihrem Vater, aber hergeben mag sie nix.

»Wirst dir wohl selber Essen leisten können, wost jetzt am Theater spielst.«

Bös schaut sie aus, und ich krieg sofort einen Zorn. Der Tischlervater wird ihr was Besoffenes erzählt haben, die Cillin sagt eh oft, der sauft wie ein Loch.

»Glaubst, ich hab weiß Gott ein Geld?« sag ich zornig. – Zwei Kreuzer fürs Probieren am Tag und zehn für den Auftritt am Abend, solang eine nichts Besonderes darstellt. Das Geld bring ich der Cillin, und manche Wochen gibt sie mir wieder was zurück, dann kauf ich getrocknete Äpfel, und wenn wir beide kauen, hat die Cillin ein-, zweimal gesagt: ›Bist mehr ein richtigs Schwesterl als ein Kind.‹

Die Tischlergertl legt die Karten auf den Tisch:

»Am Theater machen s' die Huren, sagt der Vater«, zischt sie. – Jetzt weiß ich's alles: Die Gertl hat von meinem Auftritt am Abend erzählt, und der Tischlergesell, der ein Säufer und ein Neidhammel ist, hat seinen Senf dazugeben. Die Cillin hat recht gehabt, und die fette Gertl fühlt sich grad Gott weiß wie groß, weil ihre Schwester daneben beim Erdäpfelkaufen steht.

»Bist eh schon a richtige Hur«, sagt sie jetzt und glotzt mich an. – Ich nehm einen Besen vom Erdäpfelbauern und hau der Gertl, so stark es geht, zweimal gegen den Leib. Wie sie auf der Erde ist, noch bevor die Schwester irgendwas merkt, bin ich über ihr und hab ihre Haar in der Hand.

»So«, sag ich, derweil ich immer fester zieh, »mir werden s' heut am Abend klatschen, und dein Alter sauft sich an, und nachher haut er dich durch.«

»Dich wird der Teufel schon noch holen«, kreischt sie.

»Nein«, sag ich, und jetzt zerr ich mit aller Kraft an ihren dünnen braunen Haaren, »nein, dich wird er holen, damit er dich zum Nachtmahl fressen kann, wie ein fettes Schweindl am Spieß!« Jetzt erst ist die Schwester aufmerksam worden, weil die Gertl so heult, aber bevor sie da ist, bin ich weg.

»Findelmensch, nixnutzigs!« schreit die Schwester.

»Balletthur!« schreit die Gertl.

»Was ist denn?« fragt die Cillin, zu der sich die Tischlerweiber nicht hertrauen. Auf dem Markt haben sie kurz auf das Geschrei gehört, dann ist allen wieder alles eins.

»Am Theater machen s' eine Hur aus mir, sagt der Vater von der Gertl.«

»Und ich hab dacht, ein Käferl«, lacht die Cillin und zwickt mir in den Hintern. Die Schwestern kriegen eine schnelle Warnung aus den grauen Augen der Cillin und rennen weg.

»Sollst mit den andern Kindern nix übers Theater reden«, sagt die Cillin. »Wie oft muß ich's sagen? Sind alle neidig. Mach einmal, was die Mutter sagt.«

»Bist ja gar nicht die richtige Mutter.« – Jetzt zwick ich einmal.

»Willst vielleicht eine richtige?« fragt die Cillin und deutet über den Markt, wo die alte Tischlerin, die gerade so dick wie ihre Töchter ist, der heulenden Gertl die flache Hand ins Gesicht schlagt.

»Was hast denn kauft?« frag ich und häng mich ein.

»Ich zeig's schon her«, sagt die Cillin. Dann erst gehen wir heim. Der Arm der Cillin, in dem ich häng, ist ganz warm.

Auf dem Heimweg des nämlichen Tages hab ich gespürt, wie sehr ich sie liebhab, und auch von diesem Gefühl her ist der Tag so ein guter gewesen. So lieb hab ich die Cillin deswegen, weil ich sonst keinen Menschen kenne, der gut ist und dem man alles glauben kann.

Zu Haus zieht die Cillin aus dem Korb einen halben Ochsenschwanz, ein Brot und ein Trumm Butter, die sie gekauft hat, und ein mysteriöses Zuckerküchl, das unter die Schürze gesprungen ist. Aus meiner Schürze kommen sieben, acht, neun Erdäpfel, und die Cillin muß kichern, derweil sie mir droht.

»Sonntag wird eine gute Suppen bei der Cillin sein«, sagt sie dabei. Dann gehen wir Wäsch waschen an die Donau, und das Zuckerküchl nehmen wir mit.

Warm ist es am nämlichen Tage geworden, warm wie im Sommer. Unser Platz an der Donau ist hinter zwei großen Weiden, wo das Wasser weit in den Grund gedrungen ist und am Ende eines Erdsturzes still zwischen den Bäumen steht. Da sieht uns beim Wäschwaschen kaum einer von den Händlern und Soldaten, die am Ufer streunen, aber wir selber können hinüberschauen auf die Hauptstadt hinter den Mauern und Basteien. Boote mit vielerlei Zeugeln fahren vorbei, und die Fische springen, wenn es so warm wird wie an dem nämlichen Tage.

Mit meiner Hälften vom Zuckerküchl bleib ich in der Wiesen hocken, und die Cillin drückt die Bettwäsche im Wasser. Wenn sie so aufrecht mit ihrem kräftigen Leib in der Donau steht, den Rock und die Ärmeln aufgerollt, daß die Sonne spiegelt auf ihrer glatten Haut, da könnt man wohl meinen, sie ist siebzehne und keine zehn Jahr älter, wie in Wahrheit.

»Weißt, wie's ausschaut, da unten?« ruft sie mir zu.

»Wo unten?« ruf ich zurück.

»Ja unterm Wasser«, schreit sie.

»Wie soll's ausschauen?«

»Wie eine Wiesen voller Krempel, aber halt unterm Wasser, sagt die Seppl vom Markt. Aber das Wasser macht den Grund ganz weich, und man kann metertief verschwinden zwischen dem Krempel.«

»Was für Krempel leicht?«

»Untergangene Schinakeln, zerbrochene Kutschen, die von den Brucken g'fallen sind. Und alles, was die Leut halt in die Donau schmeißen.«

Jetzt ist die Cillin mit der Wäsch ans Ufer krochen, ganz nah zu mir, und hat mit einer leisen, gefährlichen Stimme gesagt: »Dort sitzt das Donauweibel.«

»Das Donauweibel?« frag ich.

»Ja«, sagt die Cillin. »Schön ist es«, sagt sie. »Es schaut immer gleich aus und ändert sich nicht. Schaut aus, als wär's zwanzig oder fünfundzwanzig.«

Ich hab mich auf den Rücken ausgestreckt, die Augen zu, so wie das Zuhören am besten geht.

»So wie du?« hab ich gefragt.

»Hab ich's vielleicht troffen? Soll rote Haar haben, wenn die Sonn untergeht. Hat sich halt gar nix verändert seit tausend Jahren. Der Charakter höchstens.«

Die Cillin hat die Hand vor den Mund getan, daß die ganze Sach dramatischer wird.

»Bös is worden. Früher is ein Gutes g'wesen. Weniger Leut als jetzt, sagt man, haben ertrinken brauchen in der Donau. Immer wieder ist ein Fischer, der vom Boot gefallen ist, danach lebendig am Strand gelegen, wenn auch im schweren Schlaf. Dann hat's g'heißen: Das Donauweibel hat geschaut, ob's der Richtige war. Den Richtigen hätt's wohl behalten.

Bis vor ein paar hundert Jahr ist alles gutgangen. Dann ist unten bei Ebersdorf ein bestimmter Bertold auftaucht, ganz jung noch, wie die Sach passiert ist, einundzwanzig und fesch, stark wie ein Ochs und der beste Fischer vom untern Strom. Früh am Morgen ist er aufs Wasser. Vor Sonnenaufgang hat er die längsten Hecht und die schwersten Wels bracht, dann mit'm Pferd auf Wien. Auf dem Markt vor der Mauer hat er s' verkauft. Die reichsten Leut haben kauft bei ihm, es waren die schönsten Fisch in Wien. Er hat immer ein paar Goldstück einstecken gehabt, und es waren genug, die mit ihm saufen gangen sind. Viel Freund, der Bertold.«

Die Cillin fährt sich mit der Zung über die Lippen, weil die vom Erzählen ganz trocken sind, und sagt schließlich:

»Aber eines Tages hat er auch ersaufen sollen. Da war er dran. Er hat einen Wels im Kopf gehabt, einen größern als sonst, und so ist er früh los, mitten in der Nacht noch, eiskalt war's, schon Herbst, aber extra früh eben, daß der Wels nix merkt vom Netz und vom ganzen Spiel. Dunkel war's, wenig Wasser, viel Strudel. Die anderen sind da unten bei Ebersdorf nicht einmal bei Tag hinaus, und er ist mitten in der Nacht gangen. Er hat den Wels auch g'funden, aber dann ist der Wels ins tiefere Wasser, und der Berthold ihm nach mitten in einen Strudel.«

»Und das Donauweibel?« frag ich. »Hat's ihm geholfen?«

»Das schon, aber dafür nicht hergeben«, sagt die Cillin. »›Bertold‹, hat's ihm gesagt, ›bleibst bei mir? Dann bleibst für immer lebendig, mein Herz, mein Liebes.‹ – Er ist erst ganz langsam aufgewacht und hat gemerkt, daß sie ihn festhalt, daß er ein paar Ellen tief unterm Wasser in einer Algen hängt, mitten im Wasser, und daß er trotzdem Luft kriegt, wie sie ihn mit ihren grünen Guckern so anschaut. Da hat sein Herz vor ihrer Schönheit schon schlagen mögen, aber von fern hat er die Kirchglocken aus Ebersdorf gehört. ›Das möcht dem Herrgott nicht passen‹, hat er gesagt. Aber das Donauweibel hat angefangen schmusen mit ihm und gesagt: ›Bei mir mußt bleiben, mein Herz.‹ – Und er ist wirklich blieben, die ganze Nacht, in dem Wald aus lauter Wasserrosen, zwischen Krebsen und Lurchen, und sein Kopf ist ganz verdreht gewesen in der Früh.«

»Vom Wasser«, vermut ich.

»Nein, von der Lieb und von der Lust«, sagt die Cillin. »In der Früh hat er gesagt: ›Drei Tag brauch ich zum Abschiednehmen, dann bin ich wieder da.‹ – Und das Donauweibel hat Wellen gemacht und den Fischer Bertold zamt dem Schinakel zamt dem Riesenwels ans Ufer g'worfen. Aber der Fischer ist nicht retour kommen. Bald waren die drei Tag um,

dann eine Wochen, zwei Wochen, drei. Nach vier Wochen ist das Komische passiert: Das Donauweibel ist aus dem Wasser kommen, und keiner hat's gesehen, aber alle haben's spüren können.«
»Wie?« frag ich.
»Indem sie ihre Schönheit nur dem Bertold selber zeigt hat. Den Muschelschmuck, die weißen Krötenknochen im Haar, das Kleid aus Silberschuppen. Den Liebsten hat sie bald gefunden. Er ist im Wirtshaus g'sessen, was ja keinen wundern wird. Das Geld, das er verdient hat mit dem Wels, den das Kloster Heiligenkreuz kauft hat, ist noch immer nicht versoffen gewesen. Plötzlich ist der Fischer zusammengefahren, wie auf einmal das Donauweibel in der Tür gestanden ist, Rothaar im Kerzenlicht, nasse Händ und wilde Augen. Aber nur der Fischer hat das Donauweibel gesehn, die anderen haben nur einen Windstoß gespürt, die Tür ist aufgeschwungen und dann wieder zu, aber das kommt vor, am Fluß, wo's nie aufhört windig sein. Aber aufgefallen ist ihnen, daß der Fischer Bertold plötzlich ganz blaß war. – ›Wo bist denn blieben?‹ hat das grüne Fräulein jetzt den Fischer gefragt. Das hat wiederum keiner hören können außer dem Bertold. Und auch nicht, wie's gesagt hat: ›Was meinst, mein Herz, wie ich hungrig bin auf dich?‹ – Der Fischer hat gerufen: ›Bald komm ich retour ins Wasser, bald komm ich! I muß mein Haus noch richten.‹ – Das aber haben jetzt alle gehört und sich gewundert, was der Fischer so mit der Luft g'redet hat. – ›Welchen Tag?‹ hat das Donauweibel gefragt. – ›Sonntag bin ich dort bei dir.‹ Und dann haben die andern noch einen Windstoß bemerkt. Und die Tür ist wieder auf und wieder zu. Und derschrocken hat jeder den Fischer anglotzt: ›Mit wem red'st denn du?‹ – Ganz blaß war er und hat gemurmelt: ›Wissen hat sie's wollen, sagen hab ich's müssen.‹ – Und dann ist weiterg'soffen worden.
Aber am nächsten Tag, wie der Fischer nach Wien zum Verkaufen ist, hat s' ihn noch einmal besucht, auf dem Markt: ›Fischer, vergißt mi eh net?‹ – ›Ja, hast denn kein Geduld?‹

schreit er. Die Leut haben wieder geschaut, und wieder ist niemand zu sehn und zu hören gewesen, außer für den Fischer halt. – ›Na, kein Geduld hab ich, weil du bist mein Herz und mein Lieb, hat das Donauweibel zischt. ›Vergiß mein nicht.‹ – ›Wie soll i denn vergessen?‹ hat der Fischer brüllt, und das hat jetzt verzweifelt klungen, so daß sich die Leut schon zammg'redet haben, und ein paar haben gesagt, der is nimmer g'sund im Kopf. Man hat ja gehört, daß er vor ein paar Wochen mit'm Schinakel untergangen ist. Ob da nix passiert ist mit ihm?

Dann ist der Samstag kommen, vor dem Stelldichein vom Bertold, und da ist er wieder trinken gangen auf Hainburg. Viel is trunken worden, ein paar sind schon auf'm Boden gelegen, wie s' ein paar ungarische Huren von Preßburg bracht haben, und am End ist ein solches Mensch auf'm Schoß vom Bertold gewesen.«

»Und dann?« frag ich die Cillin.

»Dann? Dann ist wieder die Tür aufgangen, und alle andern haben wieder dacht, es ist ein Windstoß. Aber der Bertold hat schon gewußt, wer da kommt: ›Laß aus, laß aus, i komm schon morgen!‹ – Aber im nächsten Moment ist die Hur am Boden g'legen, und der Bertold hat sich auf der Bank gedreht, weil das Donauweibel auf ihm drauf war, rot vor Wut, und ihn abgeschmust hat, unsichtbar für alle andern, die jetzt glaubt haben, er hat den Krampf vom bösen Gottseibeiuns im Leib.

So haben s' den Pfarrer aufgeweckt und den Stadtrichter. Der hat kein Spaß kennt und den Bertold ohne Wasser und Brot an den Pranger ghängt, daß der böse Geist austrocknet, der vermaledeite. Aber am nächsten Tag war der Fischer Bertold mausetot; ob er verdurstet ist oder vor Schreck und Wahnsinn gestorben, weiß gar niemand. Die Wachter haben nix anders tun mögen als die Leich von dem Gottlosen, dem Verruckten, wie's jetzt über den Fischer gheißen hat, in die Donau zu schmeißen, und so ist zum Donauweibel nix mehr kommen als ein Maustoter, der auch in ihrem Schoß nimmer lebendig worden ist. Seitdem bewahrt sie seine Knochen auf und schmückt's mit Wasserrosen und hängt Muscheln dran.«

»Traurig ist das«, sag ich. Die Cillin hat einen langen Grashalm im Mund.

»Wieso?« fragt sie. »Seitdem halt das Donauweibel zu den Weibern. Weil die Männer kein Versprechen halten wollen.«

»Aber geh«, sag ich.

»Sicher. Die ehrlichen Weiber dersaufen nicht.«

Dann sind wir eingeschlafen auf eine Stund. Wie ich aufwach, ist mir oben heiß von der Sonne und am Hintern von der Cillin ihrer Wärme. Die Cillin, die keine richtige Mutter ist, hat mich ganz fest umarmt.

Wie wir in die Krummbaumgassen retour gekommen und auf die Pawlatschen gestiegen sind, ist die Sonn am Sauberg gelegen wie ein roter Ball auf einem Misthaufen. Die Cillin und ich haben kein Küchl mehr gehabt, aber so viel Freud an dem Tag. Dann ist mir diese Idee gekommen:

»Du, Cillin, ich mag nicht.«

»Was?«

»Zum Theater.« Ich hab zu der Zeit noch eine gute Stunde gehabt bis dahin.

»Was macht das Theater dann ohne Käferl?«

»Ein andres finden!« Fast hab ich geheult.

»Wird z'spät sein. Heut gehst hin. Und morgen auch, weil morgen hab ich kein Arbeit am Abend, da komm ich zuschauen. Und von übermorgen an bleibst mir wieder da, wennst willst.« Das Weinen hab ich mir verbissen. Alsdann bin ich im letzten Licht über die Brucken auf die andere Seite. Die Cillin hat versprochen, daß sie noch wach ist, wenn ich zurückkomm.

Geschwind, geschwind muß alles immer gehen beim Theater an der Wien, keiner hat eine Zeit. Der Herr Inspizient hat gesagt: »Ab zur Maske, bist schon z'spät.« Maske, das ist die dicke Schwarzfedrige mit dem engen Mieder, ich kann s' nicht leiden, aber irgendwer muß ein Käferl machen aus mir.

Dann war Premiere. Und nachher hat der Teufel mich geholt, und nicht die Tischlergertl.

3. KAPITEL — STIMMEN AUS DER FOLGENDEN NACHT

Verhörprotokoll Josefin Kandler,
Kostümiererin, Theater an der Wien

𝒲ollen Exzellenz wirklich von mir wissen, wer von den feinen Herren in unserm Auditorium nur das nämliche im Schädel hat? Ich kann Euch sagen, wenn ich mich auch genier: alle. Was wollen Exzellenz denn hören: Im Bibelspiel haben wir tanzende Engerln, im *Gastmahl* tanzende Tiere, in jedem Fall sind's Kinder, die so tun, als wären s' kleine Erwachsene. Und?

Es ist halt nicht so, daß unser Herrenpublikum meinen Kostümen sein Augenmerk schenkt oder unserem Orchester das Ohr leiht: Die Konzentration richtet sich auf den Inhalt des Kostüms und auf das, was sich da unten zum Orchesterklang bewegt. Die Leut wollen überall auf der Welt die ersten sein, und bei den Kleinen in unseren Tanzabenden haben s' zumindest die Illusion, die ersten zu sein, und sei's beim Zuschauen. Was sie bei unseren Balletten sehen, ist eben neu und blank und fest und unschuldig, in den meisten Fällen.

Ich bin noch nicht alt, zumindest wird mir zuversichert, ich schau noch nicht so aus, aber ich bin schon älter worden an der Wien, bin ledig geblieben trotz meiner vielen Mannsbilder, und ich hab das meiste miterlebt, was gekommen ist seit dem Schikaneder. Ich kann mich an den Krieg erinnern, und ich hab auch nicht vergessen, was unser Theater in den Zeiten des Napolium alles hat anstellen müssen, damit wir's überstehen. Ich weiß alles vom Kongreß, besonders vom Kongreß, denn zur Zeit des Kongresses haben s' mich von der Hilfsschneiderin zu Kostümiererin gemacht, und in einem besseren Berufe erlebt man ein Hochgefühl, so daß man sich später an alles genau entsinnen kann.

Mit dem Kongreß und mit der Direktion von unserm Grafen Palffy ist die Lage besser geworden; wer auf unserem Schiff gewesen ist, hat kein Sturm mehr fürchten und kein Hunger mehr leiden brauchen. Seitdem ist das meiste an unserem Hause ausverkauft, und wir haben beträchtliche Reputation, die verpflichtet. Was immer wir für die Ausstattung notwendig finden, wird angeschafft. Exzellenz können mir glauben, daß der Graf ein großzügiger Mann ist. Deshalb hat er niemals Flüssiges und hat schon öfter als einmal das eigene Haus verpfänden müssen, was ja komisch ist, nicht wahr, bei einem Haus mit so viel Zuschauern jede Nacht.

Aber ich will sagen: In allen Zeiten ist die Leidenschaft im Theaterraum vorhanden, wenn Exzellenz mich verstehen wollen, weil das Geschehen auf der Szene erschüttert die Leut innerlich, und sie bleiben in einer Aufregung zurück, aus der sie einen Ausweg finden müssen. Man steht sich ganz geöffnet gegenüber, nach einer solchen Verzauberung durch das Drama oder das Ballett.

Bedenk man nur all die guten Wirkungen auf unsere Stadt: Wie viele vorbildliche Ehen sind geschlossen worden, weil sich die Richtigen in der richtigen Illumination im Theater gefunden haben. Natürlich haben wir auch Schmutz. Dieses brauch ich Exzellenz als dem Polizeidirektor nicht zu sagen. Aber der Schmutz ist nicht nur bei uns. Gehen Exzellenz nur einmal ins Karltheater oder zum Kärntnertor. Die Huren sitzen allerorten, und die teuersten immer in den Logen.

Unsere Kinder muß ich anziehen und öfter umziehen und zum Schluß wieder ausziehen. Dabei hab ich zwei Dinge zu bedenken: daß das richtige Mensch im richtigen Kostüm steckt und daß das letztere dabei nicht Schaden nimmt. Ich geb zu, daß ich nicht schauen kann, was vorher und nachher passiert und ob vielleicht das Kind beschädigt wird, in Wirklichkeit. Wir sind unser fünf Kostümiererinnen, und eine jede wird zehn bis zwanzig Kinder in jeder Ballettaufführung betreuen. Da wechselt man vielleicht ein paar Worte, manchmal erzählt das Kind ein bissl etwas; die meisten sind halt zu aufgeregt vor dem Auftritt. Die Mäderln? Die Mäderln sollen halt verführerisch aussehen, bezaubernde kleine Frauen, sagt die Direktion, und das erklärt unsereins ihnen vielleicht, derweil man sie anzieht, man macht kleine Komplimente, bei manchen Mäderln kann's schon anzüglicher sein, aber wenn Exzellenz wüßten, was die alles schon gesehen haben ... Dann hinaus auf die Bühne. Schnell, schnell muß alles gehen, heißt es bei uns, schnell, schnell.

Daß die Kostümierungen das Publikum auf anstößige Gedanken bringen, glaub ich nicht. Was wir den Leuten zeigen, ist Schönheit. Und die wird bewundert, das ist ja allgemein so.

Was glauben Exzellenz, wieviel ich zu tun hab? In der Aufführung, von der Exzellenz sprechen, gibt es auf beiden Seiten der Szene den Auftritt der Libellentänzerinnen. Acht Libellenkostüme sind das für ein paar Minuten, und die Kostüme sind allesamt gleich groß, weil die Mäderln gleich groß sind. Und trotzdem schillern die Flügel von den weiter innen tanzenden Libellen von Haus aus etwas stärker, weil dort weniger Licht auf sie fällt. Jedes Kostüm folgt der Illumination und der Angab des Tanzmeisters. Und in meinen Kammerln ist das nicht nur alles verstaut, es muß auch noch geordnet sein. Verdenken Exzellenz mir da, daß ich mich nicht um alles kümmern kann?

Wenn Exzellenz fragen, ob ich mich an jene Premiere vom *Gastmahl der Tiere* noch erinnern kann, muß ich sagen: sicherlich. Premieren, glaub ich, hab ich alle im Kopf; eigenartig, nicht wahr, daß immer die Premieren zurückbleiben, obwohl das Spiel in den folgenden Aufführungen immer besser wird. Aber diese Premiere ist ja noch nicht lang her, das Stück spielen wir noch immer. Dort sehen Exzellenz noch das Pantherfell, an welchem ich Ausbesserungen zu machen habe, es ist aus dem nämlichen Stück. Wir haben selten eins gehabt, das so aufwendig gewesen wär.

An das Mädel kann ich mich natürlich erinnern, weil wir nachher lauter Scherereien gehabt haben, wie sie zur zweiten Aufführung nicht mehr gekommen ist. Von der Verhaftung und dieser Geschichte mit der Kuppelei von ihrer Mutter haben wir erst drei Tage später gehört. Da war längst der Ersatz da. Bei der zweiten Aufführung hat ihre Rolle entfallen müssen, ihren Text hat ein anderes Tier übernommen, aber alles im letzten Moment, man ist hier recht erbost gewesen. Und dann hat's geheißen, die Mutter von dieser Anna hat dem Kaunitz ihr Minderjähriges zugeschoben. Das hat die Laune bei uns nicht verbessert. Exzellenz wissen natürlich, daß wir immer bangen, daß man uns die Kinderballette noch eines Tages wegen Skandals einstellt. Wären Exzellenz gern von einem Tag zum anderen ohne Posten, wenn man verzeiht, daß ich so frage?

Das Kostüm von jener Anna ist freilich wunderbar: Wenn das Kind ruhig gestanden ist, war's ein rechtes rundes und ungelenkes Käferl; sobald es aber begonnen hat, wie in der Choreographie vorgesehen, im Kreise zu wirbeln, dann sind die beiden Flügel in die Höhe geklappt, und ihr Körperl war zu sehen, in einem glitzernden, braunen Trikot, mit einem ziemlich natürlichen Muster, wie der Leib von einem süßen, kleinen Ungeziefer. Ist das Kind dann wieder stehenblieben, sind die Flügel wieder gesunken, und das runde, unbeholfene Käferl hat außer Atem selbigen Vers aufgesagt. Alles zusammen entzückend, und ich hab das Applaudieren bei der Premiere ja selbst gehört.

Wenn ich jetzt hör, das Kind ist unschuldig an seiner Schwierigkeit und die Ziehmutter kann auch nichts dafür, dann sag ich gern: Das tut mir leid. Durchlaucht Kaunitz ist sicherlich nicht einer der Zimperlichsten, aber er ist auch nicht der einzige, und er und seinesgleichen tun ja auch Gutes. Was glauben Exzellenz, wieviel junge Frauen von unserem Adel gut leben können? Was denken Exzellenz, wie viele Künstlerinnen den Zins nur ihrer Kavaliere wegen zahlen können?

Ich hab mir selber aus meiner besseren Zeit was aufsparen können, denn ich bin eine Ledige geblieben, wie die Überzahl der Frauen bei uns.

Und man wird sehen, die meisten Hübschen auf der Szene, die jetzt so bejubelt sind, werden auch Ledige bleiben, denn Männer zum Heiraten hat man für unsereins noch nicht genug erfunden. Es ist also etwas dran an dem Gedanken, sich heute eher einmal herzugeben, als morgen hungern zu müssen. Ein aufgewecktes Gesichterl hat diese Anna gehabt, sie hat mir gefallen, insgesamt ein fesches Weiberl mit den besten Anlagen.

Und jetzt sagen Exzellenz, das Mädel hätt mich nicht leiden können?

*Generelle Beurteilung des Kostverhältnisses
der Caecilie Vihwanz und des Mädchens Anna
durch die Rayonsinpektoren der Unteren Werd*

𝒟ie Rayonswache hat die Mutter der von Exzellenz namhaft gemachten Tanzelevin, Caecilie Vihwanz, Zilli oder auch die Cillin, wie folgt beschrieben: eine aufrechte junge Frau von blonder Haarfarbe und auffallend vorstehenden Brauenknochen, welche ihr den Anschein von Entschlossenheit verleihen. Eine fleißige Person, welche den Unterhalt für sich selbst und das Kleine ganz aus eigener Kraft bestreite. Bis zur gegenständlichen Anzeige kein Auffallen vor den Behörden. Sie arbeite seit dem Kongresse als Gärtnershilfe bei den Hochwürdigen Brüdern Karmeliter, bei welchen sie in hoher Achtung betreffend ihre Sittlichkeit und ihren Fleiß stehe.

Die Cillin ist nunmehr in ihrem siebenundzwanzigsten Lebensjahr; seit dem sechzehnten schon führe sie das Mädchen Anna, welches als Findel bei den Brüdern Karmelitern abgegeben, in Kost.

Die Cillin halte sich sehr gerade und werde in ihrem Quartier als Schönheit beschrieben, wenngleich sie ob der Armut ihres Daseins zu einem strengen Gesichtsausdruck und ob der Ledigkeit ihres Standes zu einer allgemeinen Hantigkeit neige. Man spreche im Viertel davon, daß die junge Frau den Männern, gleich welchen, abweisend und wohl eines länger zurückliegenden Vorfalls wegen verächtlich gegenüberstehe.

Das Kostkind, nunmehr über das zwölfte Lebensjahr hinaus, sei nicht immer, aber doch überwiegend zum Bürgerschulbesuche erschienen. Es sei einmal aktenkundig geworden: des Strawanzens verdächtig, zusammen mit Nachbarschaftskindern, von der Militärstreife angehalten.

Die Nachbarschaft in der Unteren Werd habe den beiden Weibspersonen allgemeine Fröhlichkeit, starken Zusammenhalt und ein gewisses Geschick in ihrem männerlosen Stande zugebilligt.

Vom Theater an der Wien war über die Cillin zu hören, daß sie bei Arbeitsantritt ihres Kostkindes, das über eine Freundin zum Ballette empfohlen worden war, im Probensaale erschienen sei, sich unauffällig im Hintergrund aufgehalten und den Probenverlauf inspiziert habe, andererseits sie nicht bereit gewesen wäre, in das neue Dienstverhältnis ihres Kostkindes einzuwilligen. Über das Talent der kleinen Anna sei am Ballette festgehalten worden, daß sie, ihres niederen Standes wegen, im körperlichen Ausdruck mehr Freiheit bewiesen habe, als dies bei der überwiegenden Zahl der Elevinnen, die den bürgerlichen Ständen und also einer gemeinhin höher gebildeten Schicht entstammten, der Fall sei.

Wie die Palffyschen Tanzlehrer zum Ausdruck brachten, sei der Ziehmutter bei ihrem Auftreten an der Wien niemals am Vorwärtskommen ihres Kindes am Theater gelegen gewesen, sondern an dessen gemütsmäßiger Befindlichkeit, im besten Falle Glück genannt.

Darstellung der Nacht des 24. auf den 25. Mai 1822 durch Caecilie Vihwanz, vulgo die Cillin

*M*an möchte selbstverständlich glauben nach einer solchen Nacht, sie sei ein Traum oder doch ein bösartiges Gesicht der Phantasie gewesen, aber leider hab ich mit dem Annerl den Beweis der Wirklichkeit ja grad in den Händen gehabt; und das Annerl hat sich nicht weggerührt aus meinen Armen, hat eingeschaut an meiner Achsel, hat zuletzt nicht einmal geheult, so daß auch nichts zu trocknen gewesen ist.

So kann man ein Nachtgesicht nicht abschütteln.

Im Gegenteil, ich habe stillgehalten, um das Kind, das mir da vor lauter Starrsein nach dem Geschehenen zu zerbrechen gedroht hat, nicht weiter zu erschüttern. Dieses Sitzen oder Hocken ohne alle Bewegung hat angehalten, bis zu unserer Überraschung die Wachen eingetroffen sind, um uns abzuholen. Bis dahin habe ich das Geschehene im Kopf immer wieder angeschaut, den grauslichen, heiseren Atem von meinem Annerl an der Brust, hab ich die ganze Nacht repetiert, Bild für Bild, Wort für Wort. Und ganz von Anfang an.

Begonnen hat alles, indem ich gemerkt habe, daß das Mädel am Abend davor ungern aus dem Haus will und ins Theater. Dabei ist's ihre allererste Premiere gewesen, natürlich hab ich s' hingeschickt. Wer wird sich denn ein halbes Jahr im Ballett wünschen und noch ein halbes Jahr zur Prob gehn – aber dann nicht zur Premiere.

So ist sie gegangen, und wohl war ihr nicht, das hab ich gesehen. Wär ich mitgegangen, hätt's was geändert? Es waren kleine Dinge zu erledigen. Etwas zu nähen für die Hochwürdigen Brüder. So ist das Annerl gegangen, und ich hab meine Arbeit erledigt, dann gewartet.

Das Warten auf ein Kind ist von allem anderen Warten verschieden. Vom Warten auf einen Kavalier. Vom Warten auf einen Brief. Vom Warten, daß alles besser wird.

Aber dann, vor der Mitternacht, ist sie doch nach Haus

gekommen, rasch und huschig, wie sie immer kommt, aber ganz und gar fröhlich, weil ihr Auftritt bestens verlaufen ist. Dann hat sie erzählt, wie sie unabsichtlich ihren Tanz wegen eines Fehltrittes abgeändert hat und wie das aber noch viel besser angekommen ist als der geplante Verlauf. Hat erzählt von dem Vers und dem Beifall, welchen sie im Anschluß vernommen hat.

Und wir beide haben vor Erleichterung und wegen der ganzen Aufregung am Ende wie narrisch zu lachen angefangen und gar nicht mehr aufhören können danach. Ich geb's zu, ich hab viel schon mit meiner Tochter lachen können in den Jahren, die dieser Nacht vorausgegangen sind, und wer weiß, können wir's eines Tages auch wieder. Aber damals: Alles ist gutgangen, und dem Annerl seine finstere Angst vom Nachmittag ist verschwunden gewesen, und recht gefallen hat's ihr am Theater, wenn auch ihr ganzer Eindruck ein verwirrter gewesen ist, was mich derweil gar nicht gewundert hat, meiner wär's auch gewesen. Aber einer solchen Fröhlichkeit, die aus dem Inneren einer lieben Person über einen drüberschwappt wie ein Wasserguß, der kann man sich nicht verwehren, und irgendwann waren wir beide ganz hysterisch, über jedes unwichtige Ding haben wir lachen können, bis nichts war außer feuchten Augen und Müdigkeit und uns alles weh getan hat vor lauter Freud.

Schließlich hab ich gesagt: ›Mitten in der Nacht! Jetzt gehen wir schlafen.‹ Da hat's gegen die Tür gepumpert. Das Annerl, kann ich mich genau erinnern, ist noch am Herd gestanden, den Finger in einem Topf, und hat noch ein paar schwache, lustige Tanzschritte gemacht. Bei dem Pumpern ist sie augenblicklich zusammengefahren und hat auf die Tür geschaut, wie ich auch.

›Wer is denn?‹ werd ich gerufen haben, oder doch etwas Ähnliches. Dann ist eine Pause entstanden, ich hab noch einmal ›wer is?‹ geschrien, und dann ist die Tür einfach aufgegangen. Das passiert uns sonst nicht, daß einer einfach hereingeht, fragen mich Exzellenz jetzt nicht, wieso: Aber wir haben die Reputation, daß wir keinen brauchen und die falschen Leut schon anständig hinauszuwerfen wissen, wie in den vergangenen Jahren schon geschehen.

Aber in dem Eintritt der zwei Männer ist etwas mitgegangen, das uns zeigt hat, daß sie nichts wissen konnten von den Regeln in unserer Wohnung, von dem Respekt, den unser Hausstand in der Krummbaumgassen genießt. Die waren etwas auf der Spur, von dem ihnen gleich war, wohin es gehörte und wie es sich verhielt. Sie wollten seiner bloß habhaftig werden, und wie, das haben wir dann merken müssen.

Der, welcher zuerst eingetreten ist, war ein dunkler Mensch, ein Mohr, wie ich ein einziges Mal auf dem Kohlmarkte einen gesehen, während des Kongresses, im Dienste eines lombardischen Herrn. Jener ist aber sanftmütiger gewesen als der, der jetzt in meiner Küche gestanden ist, und von harmloser Schwerfälligkeit, so daß er mir bei aller Fremdheit keine Furcht eingeflößt hat. Dieser nun hat gefährlich und hellwach ausgeschaut, er hat ein gleichgültiges Gesicht gehabt. Er ist in einem langen, längsgestreiften Umhang gesteckt, mit einer Kapuze hinten.

»Weiß Sie denn, wer dieser Herr ist?« fragt der Mohr gut verständlich, wenn auch mit einem ausländischen Beiklang, und deutet auf den anderen Mann, der hinter ihm in die Küche getreten ist. Der ist länger als der Mohr, schwergewichtig und teuer gekleidet wie einer von höchstem Stand. Die Blicke aus den Augen unter seinem wirren Lockenkopf sind rasch durch unsere Küche und durch die offene Tür ins Zimmer hineingekrochen.

»Sag, daß sie wieder gehen!« sagt das Annerl aus der Ecke, in die sie sich derweil verkrochen hat.

»Ist mir ganz eins, wer der Herr denn nun ist«, sag ich, »machts nur, daß wieder verschwinds.« – Ich hab keine Ahnung gehabt, wer die zwei waren, Polizei oder Amtleute sicherlich nicht, weil um diese Stund? Und was sollten wir verbrochen haben?

»Das ist Seine Durchlaucht der Fürst Kaunitz«, schnarrt der Mohr.

»Cillin!« ruft gleichzeitig das Annerl aus seiner Ecke, »jetzt sag ihnen halt, daß sie gehen.« – Ich schau mich in der Küche um. Jener, der als Kaunitz bezeichnet worden ist, ist mir mit seinen Blicken ängstlich gefolgt. Der Besen, entdeck ich endlich, steht gegenüber, gerade hinter dem Mohren.

»Laß Sie uns gütlich reden«, sagt jetzt der Kaunitz. »Ich hab nur ein kleines Bedürfnis.«

»Fort jetzt, im Moment!« oder so etwas schrei ich, denn jetzt werden s' mir erst unheimlich, alle beide.

»Herrgott!« schreit der Kaunitz zurück. »Ich möcht doch nur auf den Leibstuhl gehen.« Ich glaub, ich hab lachen müssen.

»Ist vielleicht was Schlimmes dran?« sagt der Mohr, den keiner gefragt hat. Ich schau ihn bös an, und der Kaunitz macht auch eine Gebärde, daß er schweigen soll.

»Fortgehn sollen s', Cillin«, jammert die Anna und stampft mit dem Fuß auf. Dann sagt der Kaunitz mit einer ganz samtigen Stimme:

»Schau Sie her, brave Frau, ich würd ja auch lieber z' Haus gehen, aber wo die Not befiehlt ... – Und das Kleine da, das soll mir den Rücken kratzen dabei, und keiner von uns wird's bereuen.«

Ich bin schon blöd gewesen, so lang nicht zu merken, was der Fürst wollen hat. Ich hab lang gebraucht, aber in dem Moment hab ich's halt bemerkt und mehr vor Zorn als vor Angst das Kreischen begonnen. Kreischen kann ich gut, und im ganzen Hof hat's gehallt davon. In dem Augenblick gibt der Kaunitz dem Mohren ein Zeichen, und der macht ganz still zwei Schritte auf mich zu und packt mich mit zwei Armen so von hinten, daß es mir den Nacken und den Kopf hintübergebogen hat und ich gewußt hab, macht er jetzt noch einen

Ruck, dann bricht er mich ab. Ich hab Luft geholt; jetzt hab ich richtige Angst gehabt. Im nächsten Moment liegt seine Pranken auf meinem Maul, und ich hab gar nichts mehr sagen können, wie ich gesehen hab, daß dieser fette, bleiche Lulatsch auf das Annerl zu ist, mit ein paar langen Sätzen durch die Küche. Das Annerl hat zu dem Augenblick schon geweint, weil sie gesehen hat, was mit mir war.

Vor meinem Kinde hat sich der Fürst Kaunitz in einer lächerlichen Art und Weise hingekniet, und er hat ihren Arm in die Hand genommen und mit seiner anderen Hand ihr Gesicht in die Höhe gedrückt, damit sie ihn anschauen soll. Er hat auch Dinge zu ihr gesagt, die ich nicht mehr im Wortlaut und der rechten Folge wiedergeben könnte, weil mich das Bild, das ich sehen müssen hab, so angerührt hat in seiner Ekelhaftigkeit. Derweil hat die Annerl nicht mehr aus und ein gewußt vor Angst. Mir hat's gegraust, und ich hab mich mit aller Kraft aufgebäumt gegen den Griff, in dem ich festgehalten war.

Daß er sie im Theater gesehen hat, schmeichelt der Kaunitz meinem Kind; daß sie ihn entzückt hat und er eine große Ballettkünstlerin aus ihr zu machen gedenkt, sagt er. »Die Cillin laßt's aus!« schreit die Anna, und wie zur Antwort zerrt mich der Mohr ein Stück nach hinten auf das Küchenbankerl, so daß ich und er nebeneinander darauf zu sitzen kommen, ohne daß seine Hand von meinem Mund weggehen würd. Derweil redet der Kaunitz von Geld, und dabei drückt er das Kinn von dem Mädel noch fester; ich hör, wie das Annerl so heult, daß sie keine Luft bekommt. Plötzlich springt der Kaunitz auf und schaut sich suchend um, und dann rennt er beinahe ins Zimmer hinüber, hat die Annerl noch immer am Arm und zieht sie hinter sich her. Drüben wird er unseren Leibstuhl entdeckt haben, denn ich hab gehört, wie er einen zufriedenen Ausruf getan hat, etwas ähnliches wie: Aha!

Dann hat die Annerl »Mutter!« gerufen, und da ist in mir etwas passiert. Die Annerl nennt mich jetzt Cillin, und das schon seit gut fünf, sechs Jahr, seit sie halt weiß, daß sie in Wirklichkeit ein Findel ist, und von mir aus hat sie gut Cillin sagen können, mich hat's nicht gestört. Aber eben, wie ihr die Gewalt dieses Menschen bevorgestanden ist, genau in dem Moment hat sie »Mutter!« gesagt, und ich hab nix machen können.

Doch, eins: beißen. Ich hab mit so viel Kraft in die Hand von dem Mohren hineingehackt, daß gleich in der ersten Sekunde das Blut geflossen ist; um mein Maul ist's warm geworden, und der Mohr hat leise gebrüllt, ganz abgeschwächt, daß er seinen Fürsten nicht stört. Er hat mir einen Arm nach hinten gerissen und derart aufgebogen, daß ich habe innehalten müssen, daß er ihn mir nicht bricht. Dann hat er die zerfleischte Hand kurze Zeit von meinem Gesicht fortgezogen, da hab ich »Annerl!« geschrien, und dann hat ein Tüchl über meinem Mund gelegen, meiner Nase, meinem ganzen Gesicht; der Mohr hat fest aufgedrückt, ich hab fast keine Luft gekriegt und nix gesehen und fast nix gehört. Nur ganz wenig: Wie die Anna ein paar Mal noch gemuckst hat, bis sie verstummt ist, und ich mir hab ausrechnen können, daß der Kaunitz sie jetzt auch ruhig gemacht hat, auf die eine oder andere Weise. Dann hat man ein, zwei Mal ein Pumpern gegen die Trennwand hören können, hinter der unser Leibstuhl steht. Endlich war es ganz ruhig, und in dem Versuch, noch etwas hören zu können, bin ich ganz brav und bewegungslos im Griff dieses Dieners des Kaunitz gehangen, so daß der sein Tüchl weniger fest aufgedrückt hat. Dann hab ich von ferne gehört, wie der Fürst Kaunitz spricht, wie er was erzählt und hie und da schwer atmet.

Wenn ich nun gefragt bin, was er erzählt hat, mischt sich das, was ich gehört habe, und die paar Worte, die von der Anna darüber gekommen sind.

Aber es scheint, als hätte er von der alten Stadt Ilion erzählt, die von erwachsenen Männern niedergerissen worden ist, einer Königin halber, die so wie das Annerl noch zu jung war, um ihre Schönheit zu verstehen. Wie der blutbefleckte Mohr herausgefunden hat, daß ich lausche, hat er etwas gezischt und mir das Tüchl noch fester draufgedrückt. Von da an ist gar nichts mehr zu verstehen gewesen; mir ist elendiglich übel worden, weil so wenig Luft durch das Tüchl kommen ist.

So habe ich erst wieder etwas begriffen, wie mich der Mohr aus seinem Griff herausgeschleudert hat; da hat er die Wut über meine Bisse hineingetan. Ich hab mich fest angehaut und bin halb betäubt ein paar Augenblicke auf dem Boden an einer Wand gelegen und hab nur ungefähr miterlebt, wie der Kaunitz aus dem Zimmer gekommen ist, wobei er nicht in meine Richtung geschaut hat. Es ist mir gelungen, nach seinem Stiefel zu greifen, um ihn anzuhalten. Er hat sich nur einen kurzen Augenblick lang umgedreht.

Sein Gesicht ... Er hat ein blasses Gesicht, einen engen Mund, hab ich mir gedacht. Er war schweißbedeckt. Ich hab ihm in die geschwollenen Augen geschaut, bis er hastig gesagt hat: »Schau Sie nicht so, wir werden nicht auf euch vergessen.«

Dann sind sie hinaus. Der Mohr hat die Tür zugeschmissen. Ich hab noch etwas schreien wollen, dann aber ein Geräusch gehört und mich umgedreht, um zu sehen, was da aus dem Zimmer gekrochen kommt.

TEIL II

Amtshandlungen eines Polizeidirektors

4. KAPITEL — NARRENTURM

*Polizeidirektor Franz von Sibers Erinnerungen
an den Anfang des Juni 1822*

Ob es auch die anderen hören? Dieses Geschrei im Kopfe, diese Versammlung undiszipliniert durcheinanderrufender Stimmen?

So kriegt der Mensch das Kopfweh. Wenn der Katarrh die Kapitulation des Menschen vor den Härten der Natur bedeutet, dann ist das Kopfweh seine Niederlage vor der Sozietät. Vermag uns der Katarrh zahllose Peinsamkeiten physischer Herkunft anzutun, indem er uns in die Narrenkleider des Rotzens, Hustens, Speibens und Schleimens hüllt, so lähmt das Kopfweh den Geist mit ebenso vielen verschiedenen Waffen. Es bohrt, es klopft, es feilt, es wogt mit tödlicher Ausdauer hin und her. Im Gegensatze aber zum Katarrh weiß niemand genau zu sagen, was wir da eigentlich mit uns herumtragen.

Heute kenn ich die Gesichte, die im Narrenturm meines Kopfes diesen Spuk veranstalten. Damals, Anfang Juni des nämlichen, vergangenen Jahres, kannte ich sie noch nicht. Aber es war, als hätte es seinen Schatten vorausgeworfen. Anfang Juni brachte mir der Capellini den Auftrag, die Jagd auf den Kaunitz zu eröffnen. Und an jenem Tage hatte ich Kopfweh.

Der Chor der Stimmen im Schädel schreit und lärmt, und die unsichtbaren Arme dieser Rufer gestikulieren grau und nebelhaft in unserem Hirngewind. Wir selbst aber sitzen im Bureau, im Kaffeehause, im Salon, einem anderen Ahnungslosen vis-à-vis, wir sollen unsere Fragen stellen, unsere Antworten geben, unsere täglichen kleinen Scherze machen, unsere Geschichten erzählen, unsere Lösungen finden – und in alldem ein Eck besser sein als die anderen, uns gegenüber Sitzenden. Statt nun aber mit einem siegreichen Lächeln unseren Platz im Spiele der Sozietät einzunehmen, hocken wir da, den Mund verdrückt, die Stirn gerunzelt, die Beine wie zwei eiserne Klammern gegen das Weh ineinander verhakt. Verzweifelt können wir an nichts anderes denken als an dieses eigene Weh, dessen Atout es ist, nahe genug am Denken zu nisten.

Statt der Glorie des Siegers erringen wir die Reputation des Mieselsüchtigen, des Charmelosen, des ganz und gar Zerdrückten, um die Worte meiner Mutter, des alten Hutgestells, zu gebrauchen. Wir vermögen das Amt, die Würden, die Profession, welche wir bekleiden, nimmer mit der nötigen Stattlichkeit zu tragen, man witzelt und lacht über uns, man verliert den Respekt, fühlt sich uns überlegen. Höhere Stände, der Adel, der hohe Klerus, die Spitzen der Ämter lachen ganz ungeniert und frei heraus, wenn sie einem Geknechteten aus dem Stamm der Kopfwehleider begegnen, dem sein Weh auf den ersten Blick anzusehen ist. Der Rest grinst heimlich; schlimm genug. Manchmal schüttet einem ein anderer Kranker das Herz aus: So weiß ich, es gibt viele Kopfwehkranke. Besonders unter den Amtsbediensteten in Wien.

Es müssen nicht immer viele Stimmen in einem Kopfe sein, wie jetzt in meinem, um das Weh zu erzeugen. Bisweilen nistet sich das Leid in einem scheinbar völlig leeren Kopf ein, eben als Vorahnung dessen, was diesen bald bedrängen wird.

An jenem Tage am Anfang des Juni war ich mit einem soliden Schmerz bereits erwacht, und auch die frische Luft des Vorsommertages hatte ihm nichts entgegensetzen können. Mit dröhnendem Schädel erreichte ich schließlich die Hofstelle, begrüßte die Sekretäre mit einem dumpfen Murmeln, nahm nicht wahr, was mir einer von ihnen beizubringen versuchte, hängte den leichten Paletot, welchen ich sinnloserweise mitgenommen hatte, auf die Garderobe im Vorraum meines Bureaus und lauschte den Schritten der anrückenden Menagerie in meinem viel zu kleinen Kopf. Als ich aber die Tür zu meinem Bureau hinter mir geschlossen hatte, roch ich in Form eines impertinenten Veilchenwassers ein ärgerliches Odeur, welches mein bereits mitgebrachtes, grundsteinhaftes Weh zu einer Schmerzensmauer von solcher Höhe aufzog, daß es mich noch im Leid erstaunen konnte. Was da so stank, trug den Namen Capellini und saß in meinem eigenen Sessel.

»Auf Sie, verdientester Hofrat, kommt Gravierendes zu.« Er grinste.

»Ich würde sagen, es ist schon da«, sagte mein Kopfweh, und mein Mund sprach die Worte folgsam mit. Capellini achtete nicht meiner Unhöflichkeit und ließ sich die Laune nicht verderben. Ich betrachtete ihn mit einigem Mißmut.

Capellini ist ein langer Mensch mit breiten Hüften und einem sozusagen gedehnten Hals. Auf diesem sitzt das Gesicht eines barocken Engels, in dem sich auf gespenstische Weise Unschuld mit Gier und Gewinnsucht zu vermengen scheint. Der Theo Capellini war jahrelang ein Subalterner in unserem Bureau gewesen, bis ihn der Minister als fünfzigsten Sekretär an seine Brust genommen hatte. Bei uns hieß er nun ›Kurier des Ekelhaften‹.

Vielleicht las der Capellini meine Gedanken: »Mögen's der Herr Hofrat nicht tragisch nehmen«, sagte er jetzt mit einem Rest von Respekt vor seinem alten Kommandanten und schüttelte den goldlockigen Kopf, in dem vor lauter Eitelkeit kein Platz fürs Weh mehr sein konnte, »aber die Arbeit muß sein. Wir brauchen Beweise gegen den Kaunitz.«

Vielleicht, denk ich mir nun, hatte ich es ja geahnt. Aber als ich es hörte, mußte ich doch erst einmal tief Luft holen. »Vierunddreißig Anzeigen«, leierte ich endlich, »ein halbes Hundert Protokolle, noch einmal soviel geheime Zuträge ...«

»Das meinen wir nicht«, sagte der Capellini schnippisch.

»... und immer hat man uns gesagt, laßts die ersten Staatsfamilien doch in Ruh.« Ich bin gewohnt, meinen Satz zu Ende zu sprechen, und ich tat es auch diesmal.

»Das meinen wir doch nicht«, raunzte der Capellini noch einmal, erhob sich, umrundete meinen Schreibtisch, stand, anderthalb Köpfe größer als ich, vor mir und erweckte in mir durch die zynische Zärtlichkeit, mit der er mich ansah, den Wunsch, ihm sofort eine Watschen zu geben. Statt dessen ging ich selbst um den Tisch, ließ mich in meinen Armsessel sinken und sah hilflos und mit wachsendem Schmerz zu, wie sich Capellini nun mit seinem Kavalleristenhintern auf meine Tischplatte setzte, ein paar tadellose Papiere zerdrückend, betreffend unsere Nachtkontrollen bei den Branntweinern und Engelmacherinnen; Papiere, die ich dem verdammten Capellini noch am nämlichen Tage in sein Bureau geschickt hätte, wären sie tadellos geblieben.

»Der Fürst Kaunitz«, zischte ich wütend, »sollt im Kerker sitzen, seit ihn der Papst aus Rom zurückgeschickt hat.« Das ganze Bureau wußte um die Gründe, weswegen der Kaunitz als Außerordentlicher Gesandter am Heiligen Stuhl im neunzehner Jahr alldort unerträglich geworden war. Der Capellini sah mich triumphierend an, ehe er seine Botschaft vor mich hinspie:

»Das Ministerium hat jetzt beschlossen, daß die Polizei den Fürsten mit seinen Mädeln auf frischer Tat festnehmen soll, damit ihm ein zweifelsfreier Prozeß gemacht werden kann.« – Ich schwieg eine Zeitlang, überlegte die Unmöglichkeiten einer solchen Amtshandlung und schaute mit leerem Gesichtsausdruck auf die blanken Schuh des Capellini.

»Warum auf einmal?« fragte ich schließlich.

»Der Kaunitz hat sich eine Elevin vom Theater an der Wien mit Gewalt geholt. Das Mädel ist zwölf. Es hockt jetzt mit seiner Ziehmutter im Narrenturm. Die Ziehmutter hat Arbeit bei den Karmelitern, und die Karmeliter sind zornig. Das

Ministerium wünscht nicht, daß die Pfaffen über den Adel zu predigen anfangen, wenn der Herr Hofrat verstehen.« Ich sagte gar nichts, und er fuhr fort: »Die Kinderballette sperren jetzt doch zu.« Ich schaute dem Capellini ins feiste Gesicht und schwieg noch immer. »Majestät will es dem Palffy selber schreiben«, schloß der Kurier des Ekelhaften.

»Zweihundert Standesgenossen treiben's genauso wie der Kaunitz, und *das* wissen sogar Sie, Capellini.« Er überhörte die Beleidigung und referierte geduldig:

»Wir wünschen nur den Fürsten von Kaunitz-Rietberg. Die Untersuchung möge die Kreise seines Privatlebens nicht verlassen. Hofrat, der Minister will nicht nur diesen Namen vom Tisch haben, sondern mit ihm das Thema.«

Ich trat ans Fenster und öffnete es. Geschrei und Gestank der Fuhrleute und Pferde vor Sankt Peter drangen ins Zimmer, aber es war eine Wohltat gegen den Veilchenduft des unerträglichen Sekretärs. In meinem Schädel arbeitete es wie in einer Kaffeemühle.

»Und was soll ich machen?!« schrie ich hinaus, sehr laut, der kupfernen Kuppel der Peterskirche zu. Ich wandte mich um. Capellini sah mich erschrocken an.

»Ich würde sagen«, begann er zögernd, »ich würde sagen, Herr Hofrat stellen ein Fangeisen für den alten Fuchs auf.« Er zog sein Flakon hervor, bestäubte sich und ergänzte: »Und schließen das Fenster.«

Ich schaute ihn lange an. Schließlich deutete der Theo Capellini eine knappe Verbeugung an und scherte sich endlich aus meinem Zimmer.

Etwas später begab ich mich in Richtung des Alsbaches, auf das Allgemeine Bürgerspital und den dort befindlichen Narrenturm zu. Im Narrenturm waren nämliche Frauen von der Werd eingesperrt, nachdem man sie wegen ihres stummen Zustandes, den man zwischen sturer Widerständigkeit und richtigem Schrecken auf der Polizeiwache nicht einzuordnen wußte, dorthin einliefern hatte lassen. Ich passierte das Glacis, dieses wilde Buschland zwischen Stadt und Vorstadt, von dem ich nie verstanden, weshalb es auf den Stadtansichten unserer bildnerischen Meister so ordentlich erscheint, wiewohl es Strauchdiebsland im wörtlichsten Sinne ist, undurchdringliches Gestrüpp. Ich ging zu Fuß. Es war ein warmer Tag. Mein Kopf tat weh.

Ich gehe stets zu Fuß. Die gesamte Haupt- und Residenzstadt habe ich mir zu Fuß erwandert und bin vielleicht der einzige Beamte, der die Größe Wiens tatsächlich kennt, eben weil er sich alles ergangen hat. Es wird mir mein Gehen, aus dem eine Verweigerung des Fahrens folgt, immer wieder als lachhafte Angewohnheit vorgehalten. Vor drei Jahren wurde ein Spottzettel konfisziert, der in Zusammenhang mit der Geldfälscheraffäre von St... stand und die prassenden Fälscher in einem eiligen Sechsspänner zeigte, derweil ein halbes Dutzend Polizeikommissäre die Flüchtigen in gemessenem Tempo zu Fuß verfolgte. Der Anführer der Kommissäre spielte unzweifelhaft auf meine Person an. Obgleich das Gesicht jener Karikatur vom Betrachter ab- und einer unsichtbaren Spur auf dem Erdboden zugewandt war, mochte man mich an der mir eigenen Gangart gut erkennen. Meine eigenen Leute kopierten später die gewisse Karikatur in gelungener Machart und brachten sie heimlich auf dem Abtritt der Oberdirektion an, wo ich bald auf sie stoßen mußte. Ich kränkte mich, weniger des Spottes als ihres Unverstandes wegen.

Ich gehe zu Fuß, weil jeder beliebige Kerl heut eine Kutsche oder einen Einspänner führt, von den großen Karossen der oberen Stände ganz abgesehen; weil alle diese Vehikel gerade in der Stadt nicht mehr aneinander vorbeikönnen und weil es mir ärgerlich und behindernd erscheint, selbst an einem solchen Räderkirtag teilzunehmen. Ich gehe zu Fuß, weil es rascher geht, selbst mit meinen einwärts gewandten Beinen, die ein größeres Tempo sich verbitten. Ich gehe zu Fuß, weil solches Gehen unsere biologische Bestimmung zu sein scheint, weil die Geschwindigkeit des Ganges eine tatsächliche ist, während das Fuhrwerk einmal im beschleunigten, dann im verlangsamten Tempo vorankommt. Zu Fuß hingegen gehe ich in immer derselben Geschwindigkeit, die ich bereits nach sechs, sieben Schritten erreiche und kaum je verliere, weswegen ich Hürden meines Fußweges in großem Raume auszuweichen beliebe. Sechs, sieben Schritte vor dem Ziel werde ich langsamer und komme an. Ich gehe, weil der Takt des Gehens mein Denken zur Ordnung trommelt, weil die körperliche Anstrengung des Ganges andere Beschwerden des Leibes wie des Schädels abwehrt.

Jene Karikatur entfernte ich säuberlich von der Tür des Abtrittes und zerriß sie in viele kleine Teile.

Am nämlichen Tage, eine halbe Stunde, nachdem der stinkende Capellini mein Büro verlassen hatte, war ich losgegangen: von Sankt Peter zu der Freyung, am Stift der Schotten vorbei aus der Stadt. Nun folgte ich dem pfeilgeraden Karrenweg auf die Josefstadt und Michelbeuern. Ich hielt den Blick auf den Boden geheftet, wie in jener Zeichnung. Aber mit dem inneren Auge meiner Vorstellungskraft schaute ich dennoch nach links und rechts, durchdrang den undurchdringlichen Gestrüppstreifen beiderseits des Weges, malte mir Gesichter zu den Geräuschen aus, die meine Ohren hörten: Geräusche, wie sie zunächst dem Vorsommertage angemessen schienen. Kindergeschrei, weiter entfernt der dissonante Gesang von betrunkenen Soldaten. Nach ein paar Schritten drang das Gebrüll eines Maultiers, das man wohl in der Sonne angebunden hatte, aus dem Gelände hinter dem Gestrüpp.

Aber schließlich, als ich den Häusern am vorstädtischen Rand des Glacis schon nahe war, mischten sich die anderen Geräusche dazu: Leises Seufzen schlich aus dem Holunder und den borstigen Buchsbäumen, derbe Stimmen flüsterten gewöhnliche Komplimente. Mein imaginierendes inneres Auge sah sogleich häßliche Bilder, die nicht weit von der unsichtbaren Wirklichkeit entfernt sein mochten: Wiener Huren bei der Arbeit, gleich hinter dem Weg, die Sonne schien ihnen wohl prall auf die schamlosen Glieder. Hier auf dem Glacis, wie auch im Prater, tun die niedersten Liebesdienerinnen, die ärmsten Gunstgewerblerinnen ihr Werk; unter freiem Himmel bieten sie ihre krummen Leiber dem Straßengauner an.

Mir sagen die anderen nach, ich könne die Weiber nicht leiden. Aber es ist nur so, daß ich zeit meines Lebens keine rechte gefunden habe, derweil ich neben meiner Mutter alt geworden bin. Wie jetzt alle anderen mit den Weibern verkehren, mit den Huren und Mätressen, so will ich es nicht.

In weit zurückliegenden Vorsommern war ich einige Male in das Gestrüpp auf dem Glacis eingebrochen und hatte perlustriert oder festgehalten, wen immer ich aufgefunden. So kenne ich die Bilder der überraschten Weiber, die wogenden Busen, die rasch bedeckten Körpermitten, das aufgeregte Geschrei und Geflenn. Und über allem hängt der süße, milchige Geruch des Unsittlichen. Ich kannte diese Bilder und wollte sie nicht noch einmal sehen.

Es ist nicht, daß ich die Weiber nicht leiden könnte, es ist vielleicht, daß ich mich ein bissl vor ihnen fürcht. Manchmal denk ich mir – wie alle Einsamen natürlich –, daß ich diejenige, die mir gut ist, noch finden könnte; fällt mir dann aber mein Alter ein, so erscheint mir alles wieder zum Lachen – aber ein Lachen, das einen ganz bitter zurückläßt.

Doch nun, auf dem Glacis, hütete ich mich, den Blick vom Erdboden zu lösen, ich schaffte es, an diesen singenden Gesträuchen vorbeizukommen, und war erleichtert, die Berührung mit dem riesigen Spinnennetz des Schmutzes, das über Wien gebreitet liegt, jetzt gerade noch vermieden zu haben. Ich dachte an mein Ziel, und es fiel mir wieder leichter, meine Marschgeschwindigkeit einzuhalten. Ich wollte diese Weiber aus der Werd sehen und mit dem Amtsdoktor des Bürgerspitals über die beiden sprechen. Ganz gleich, was der Capellini verlangt hatte: Wenn die Kleine und ihre Mutter mir tauglich über eine Notzucht aussagten, ließe sich die ganze große Verhaftung vermeiden.

Der Fürst hatte die beiden allerdings wegen Hurerei und Kupplertum selbst angezeigt. Es war also schwierig.

Bei den ersten Häusern der Josefstadt traf ich auf eine Gruppe von Studenten, die ihrerseits auf das Glacis wollten. Einer machte eine Bemerkung, die anderen sahen zu mir und lachten. Ich ging eisern weiter. Man lacht nicht über den Fußgänger, über den Kopfwehleider, über den Polizisten. Man lacht immer über den Einsamen.

Ich querte die Alserstraße und passierte das Tor des großes Spitals. Ich durchwanderte den Irrgarten der Höfe, der wie ein großes, seltsames Musikinstrument das Geschrei der Siechen mit unzähligen Echos in einen einzigartigen polyphonen Gesang verwandelt. In den Höfen der Anlage blühten die Bäume. Ärzte und Labknechte rannten umher. Die Kranken schrien. Neun Höfe, drei mal drei, hat das Spital. Durch fünf von ihnen ging ich, bis ich im sechsten jenes Gebäude fand, nach dem ich suchte. Der Narrenturm ragt höher auf als die Trakte seiner Umgebung, er wäre zylindrisch zu nennen, wäre seine Grundfläche nicht ein Oval.

Wo gibt's das, daß der Polizeidirektor zu den Narren will? fragte ich mich noch, dann ging ich durch das enge Tor in den Turm. Hinter dem Tor hockte auf einem Wachsessel ein fetter Kerl mit einer Schlafhaube und zersprungenen Augengläsern. Kein Narr freilich, sondern der Portier.

»Wohin?« fragte mich diese Jammergestalt. Ich erkannte den Mann erst an der Stimme. Ihn hier zu treffen amüsierte mich:

»Werd ich Ihm nicht sagen, Strasser«, gab ich streng zurück. Jetzt fuhr die Schlafmütze zusammen, so daß das Fett unter der Weste wie ein Gelee zu zittern begann. Dieser Strasser war dereinst ein Uhrmachergehilfe am Neuen Markt gewesen, und daneben ein Spitzel für den Kunschak und für mich; als solcher hatte er die Umtriebe der Jakobiner im Salon des Uhrmachers nach und nach auf unsere Schreibtische gebracht. Dann waren wir des Strasser, dazumal ein dünner junger Mann, verlustig gegangen, und jetzt fand ich ihn hier.

»Hab Exzellenz nicht realisiert«, stammelte er. »Bin schon zu lang in anderen Kreisen.«

»Bei den Narren«, bemerkte ich.

»Bei den Spitalsbediensteten.«

»Also doch bei den Narren. Strasser, hier sollen zwei neue Weiber sein, wegen einer sittlichen Sache.«

»Hier sind fünf Dutzend Weiber wegen sittlicher Sachen, Exzellenz. Die Petschiererei, scheint mir, schlagt sich aufs Hirn.«

»Stell Er sich nicht blöd. Neue, aus dem Gefangenenhaus. Mutter und Tochter. Es hängt mit dem Fürsten Kaunitz zusammen.«

»Mit dem ist mehr wie eine von den Unsrigen zammeng'hangen.«

»Strasser!«

»Ich weiß schon, wen Exzellenz meinen. Ein Zwölfjähriges mit seiner Ziehmutter. Das Kleine hält die Mutter jetzt seit einer Wochen fest. Das Kleine sagt nix, die Mutter kreischt herum. Der Capellini ist übrigens auch schon dagewesen.« Ich schwieg. »Hoch hinaus hat der's geschafft«, lobte der Strasser. Ich wurde ungeduldig:

»Sonst noch was?«

»Schockiert«, sagte der Strasser und starrte mich durch seine Glasscherben an. »Schockiert, sagt der Doktor.«

»Möcht Er wieder was arbeiten für uns?«

»Wer weiß?« meinte der Strasser.

Ich tauchte in einen schmalen Korridor im Inneren des Turms ein. Aus allen Richtungen drang jetzt gellendes Gekreisch. Wundersamerweise aber waren meine Kopfschmerzen verschwunden.

»Schockiert«, sagte in meinem Rücken noch einmal der seltsame Portier, mit ganz versonnener Stimme.

»Schockiert«, sagte tatsächlich auch jener alte Doktor, den ich nach einigen Begegnungen mit Gesichtern der geistigen und seelischen Umnachtung schließlich auf dem dritten Stockwerke ausfindig machte. Er brachte mich zu einem anderen Arzt, der jünger war und die beiden Frauen betreuen sollte, wie der Kollege mir versicherte.

»Schockiert«, sagte auch der jüngere Arzt, ein hochaufgeschossener, schöner Mensch mit einem Heldenantlitz, und sah mich dabei mit einem schwer deutbaren Gesichtsausdruck an. Jüngere Menschen in unseren Zeiten schauen des öfteren so drein. Dieser Blick, den ich meine, scheint belustigt, dabei aber ganz ohne Wärme, es ist ein Blick, dem nichts heilig zu sein scheint. Hätte ich einen Sohn und sähe er mich so an, würde mich dies traurig stimmen; da ich aber keinen Sohn habe, macht mich derlei jugendliche Kühle, wie sie gerade unter Wissenschaftlern oft vorkommt, höchstens besorgt, obgleich ich selbst nicht auf Anhieb sagen könnte, was mir selbst heilig ist; die Ordnung vielleicht ausgenommen.

»Wenn Ihr jetzt zwei Huren verhören wollt, seid Ihr hier nicht richtig«, sagte der Arzt leichthin und sah auf schwer erklärbare Weise quasi durch mich hindurch. »Da sind andere Sachen passiert.«

»Was ich will, junger Mann, kann Er nicht wissen, das weiß ich ganz allein.« Der junge Arzt straffte sich; sein nächster Satz kam in höflicherem Tonfall:

»Verzeihung, Exzellenz. Was aber geschehen ist, weiß nur das Mädel. Und das Mädel schweigt stumm, seitdem sie und die Mutter in Polizeigewahrsam sind. Das Mädel hat auch in diesem Spitale kein Wort gesagt.«

»Das ist mir bekannt. Und die Medizin kann daran nichts ändern?«

»Nicht in so kurzer Zeit. Das Mädel ist verletzt, ohne daß die Blessuren erkenntlich wären. Es braucht Zeit. Es spricht kein Wort, aber es ist nicht stumm. Was in seinem Inneren ist, kapselt sich ein wie ein Geschwür, das langsam verhärtet.

Gottlob hat es die Mutter. Leider hat es auch die Untersuchungen von Exzellenz auf dem Hals.« Er lächelte. »Bitte nicht ärgerlich zu sein, der Fall interessiert mich selber. Es scheint, als ob jungen Frauen nichts verhängnisvoller werden könnte, als der erste Mann zur falschen Zeit. Das sehen Exzellenz dutzendfach in unserem Hause. Dinge im Inneren zerbrechen. Ich würde mir wünschen, daß diese Dinge heilbar wären. Ich glaube es aber nicht.«

»Was sagt denn die Mutter?«

»Dasselbe wie zu Eurem Polizisten: Diese namhafte Persönlichkeit, die auch noch selbst die Anzeige gegen die beiden Frauenzimmer gemacht hat, ist gekommen und hat sich geholt, was sie wollte, während die Mutter von einem ausländischen Diener festgehalten worden ist.«

»Glaubt Er denn der Person?«

»Was zählt denn, was ich glaube? Was Exzellenz glauben, entscheidet. Niemand glaubt solchen Frauen. Jenes Kommando, das die beiden schon am nächsten Tage abgeholt hat, hat doch nicht einmal nachgefragt. Anzeige, Verhaftung. Hurerei! Das sagt sich so schnell.«

»Kann ich die beiden sehen?«

»Selbstverständlich. Ersuche höflich, mich zu begleiten. Die Frauen sind mit der Weibergruppe im Hof, zum Durchlüften.«

Wie ich nun hinter dem Doktor an jenes Fenster trat, da schien mir plötzlich, als sei seine höhnische Ironie nichts anderes als eine Reaktion auf die Kluft zwischen seinem eigenen Wissen über die menschliche Seele und dem, was die Welt da draußen, ihre Behörden eingeschlossen, darüber dachte.

»Schauen Sie nur«, sagte der Arzt jetzt heiter, aus dem Fenster über den Hof hin schauend, »Luft geben wir ihnen ja genug, unseren armen Seelen.«

Ich trat neben ihn an die Scheibe und wurde sogleich von der Höhenfurcht ergriffen, so tief schien der schachtartige Hof in das runde Gebäude hinabzuführen. Unten sah ich nicht mehr als ein schnelles Gewimmel, das sich in der Mitte des dürftigen Rasens am Grund jenes Schachtes konzentrierte. Ich taumelte ein wenig. »... Weibergruppe«, hörte ich den Arzt von ferne sagen. Ich mußte mich von dem Fenster abwenden, ich vermochte nicht länger zu schauen; die Tiefe des Hofes und die unruhige, schwer zu beschreibende Bewegung dort unten machten mich schwindlig. Ich schämte mich insgeheim und folgte dem Arzt die Stiegen hinunter, von düsteren Ahnungen geplagt. Ich bemerkte erneut, wie leer die Schmerzen meinen Kopf zurückgelassen hatten, und fürchtete, daß das, was ihnen folgen würde, schlimmer sein würde. Im Fundamente des Narrenturms nahmen wir sodann einen finsteren Gang, an dessen Ende Tageslicht einfiel. An diesem Ende führten drei Steintreppen zu jenem runden Hof hinaus, wo ich auf das treffen sollte, was ich heute als den eigentlichen Stolperstrick hinein in diesen schmierigen Fall betrachte.

Am Ausgang schon sah ich, daß ein halbes Dutzend Wärter in Lederschürzen, denen Phlegma und Fettleibigkeit gemein waren, mit lumpenumwickelten Stöcken darauf achteten, daß die Frauen in der Mitte des Hofes blieben. »Wohlan, hinein zu den wilden Tieren«, sagte munter der Arzt, aber ich zögerte noch. Ich sah, wie mehrere der Frauen in diesem Hof ihre Köpfe sofort zu uns wandten, und ich erschrak ob des Ausdrucks in diesen Gesichtern.

Was ich darin sah, erschien mir als Inbegriff aller bösartigen Unordnung, wie sie der Herrgott wider meinesgleichen in der Welt belassen hat. Die Blicke dieser Gesichter mochten aus einer fernen Welt kommen; andererseits hatten sie unendlich viel von dem, was ich an den Weibern immer schon gefürchtet habe: diese unberechenbare Sprungbereitschaft, die ein Mann niemals wird durchschauen können. Ich wünschte mir, die Frauen einmal wie etwas ganz Normales, etwa wie andere Männer, betrachten zu können. Aber es mißlingt mir stets. Die Weiber bleiben dräuende Gespenster, und mich nimmt man nirgendwo ernst. »Besorgt?« fragte jetzt auch spöttisch mein Begleiter.

Im Hof sah ich Weiber, die auf dem Boden lagen und strampelten, und andere, die sich gegenseitig mit ihren spitzen Fingern nach allen Regeln eines Katzenkampfes bedrängten und sekkierten; ich sah völlig bewegungslose Figuren, die an den Rändern dieses erzwungenen Zirkels auf der Erde eher kauerten oder hockten, als daß sie saßen. Die Wärter behielten diese Bewegungslosen besonders im Auge. Es schien ein Bestreben vorzuherrschen, die Frauen nicht an die Wände heranzulassen, als wolle man Verletzungen verhindern.

Wir standen noch immer am Ausgang. Immer mehr Frauen wurden jetzt auf uns aufmerksam. Der Doktor zerrte an meiner Schulter und sagte: »Nur schnell hinüber auf die andere Seite.« Mit großen Schritten und abschätzigem Gesichtsausdruck watete der Arzt nun durch die Flut seiner Patientinnen, mich hinter sich herziehend. Schon nach kurzer Distanz waren einige Frauen nah an uns herangekommen; zwei Weiber, denen ich beiden knappe vierzig geben mochte, kamen, beieinander eingehängt. Es war ihnen anzusehen, daß sie, ehe sie hier gelandet waren, unter den Gunstgewerblerinnen gearbeitet hatten. Ihr ganzes Auftreten war eine einzige obszöne Geste. Die rechts Stehende hob nun ihren Kittel, und unter dem groben Stoff sah ich einen Moment lang das blasse Fleisch ihrer Schenkel, auf dem kaum verheilte Wunden, Verletzungen von Kämpfen, vielleicht gegen sich selbst, zu sehen waren. Die andere brachte eine lange Zunge, deren hinterer Teil bläulich schimmerte, aus einem Mund hervor, in dem kaum noch Zähne saßen.

Jene, die den Rock gehoben hatte, streckte ihre Hand aus und suchte meinen Hals zu berühren; ich zuckte zurück. Ehe ich panisch werden konnte, stieß der Doktor beide Frauen mit einer derben Geste von uns, wobei die Zudringlichere, die mich hatte angreifen wollen, in die Arme eines bereitstehenden Wärters taumelte. Der Mann zerrte sie auf die andere Seite des Hofes. Wir kamen nun zu jenem Stück Mauer, das der kleinen Pforte genau gegenüberlag. Die letzten Weiber wichen vor uns zurück.

Plötzlich hing etwas an meinem Bein. Ich sah eine kleine, zarte Frau, vielleicht kaum älter als sechzehn, ein wenig krumm, mit einem gespitzten Gesicht, auf dem die Haut sich zu spannen schien, und dünnen blonden Haaren.

»Haaß is mir, haaß, brennen mecht i, haaß is mir, so haaß«, wisperte ihre trockene Stimme, während mein rechtes Bein, das sich freizumachen suchte, sie ein Stück über den Rasen schleppte.

»Gemma jetzt, Gertl«, rief der Arzt, und das arme Geschöpf ließ los. Wir passierten zwei Wärter und standen jetzt auf dem kargen, leeren Rasenstück vor der Mauer.

»Jetzt sehen Exzellenz«, sagte der Arzt, »daß wir den beiden Ruh geben, so gut wir es eben können.« Unter einem vergitterten Fenster stand eine niedrige Holzbank. Darauf saßen, einander umklammernd, die Zeuginnen unserer Untersuchung. Der Arzt blieb in einem Abstand von einem halben Dutzend Schritte vor jener Bank stehen.

»Exzellenz mögen sich Zeit lassen«, sagte er, indem er auch mich zurückhielt, »schaut es Euch nur an.«

Im Vordergrund, uns beiden den Rücken zuwendend, saß die Ältere, die Ziehmutter. Eine Frau mit kerzengeradem Rücken, soweit ich es sehen konnte. Ich erkannte auch, wie besonders die Frauen von den Ärzten der Anstalt tatsächlich behandelt wurden: Man hatte ihnen die Kleidung von draußen gelassen. Sie trugen die Röcke der Vorstadt und enge Blusen; das Kind, das ganz in der Umarmung seiner Mutter saß, hatte außerdem eine helle Schürze. Ich sah, daß die Mutter das Kind mit ihrer ganzen Weite einzuhüllen oder auch die Welt von ihm abzuhalten suchte. Das Gesicht des Opfers von Kaunitz war gänzlich hinter der Schulter der älteren Frau verborgen. Ich sah nur einen wirren Schopf dunkler Locken und die weißen Arme. Das Kind klammerte sich mit ganzer Kraft an seine Mutter.

Der Arzt machte nun vorsichtig einige Schritte auf die Bank zu. »Vihwanz Caecilie«, sagte er langsam und ruhig. Der erste

Reflex der Mutter war, das Kind fester zu umarmen. Zugleich sah ich, wie die Hände des Mädchens auf dem Rücken der Mutter sich stärker verschränkten. Endlich drehte die Mutter den Kopf doch zu uns. Ihr Gesicht war bis ins letzte gespannt, es wirkte wie die versteinerte Maske eines Kämpfers aus einem alten Turnier. Nur war dies eine Kämpferin. Mir fielen ihre starken Brauenknochen auf, darunter die dunklen Augen.

»Vihwanz Caecilie«, wiederholte der Arzt, »hier ist amtlicher Besuch. Exzellenz Hofrat Siber, höchstselbst Polizeidirektor in Wien.«

Der Blick, den mir die Vihwanz Caecilie jetzt zuwarf, war von großer Abfälligkeit. ›Gut, noch einer, wird auch wieder hoch bedeutsam sein«, sagte sie jetzt mit schneidender Betonung. Beides zusammen, ihr Blick und ihr Sprechen, suchte alles, was ich mir an Würde bewahren konnte, in einer einzigen Sekunde einzureißen.

»Frau Vihwanz wird schon entschuldigen. Ich bin der Aussage Ihres Ziehkinds wegen hier, in der Causa vom vierundzwanzigsten Mai.« Mit den Jahren habe ich eine Weise gefunden, ganz langsam, unbetont und doch bedeutsam zu sprechen, etwa so, als bewegten sich die Wörter eines nach dem anderen und alle gleichwertig wie ein gemächlicher Erdrutsch auf das Gegenüber zu. Dieses ist dann für gewöhnlich gebannt und kann nichts ausrichten. Solche Art zu sprechen beruhigt und beeindruckt das Visavis viel mehr als Hast, Zorn und Amtsmacht. Nicht aber die Vihwanz Cillin.

»Was passiert ist die Nacht«, kam es nun blitzschnell zurück, »hab ich vielleicht fuffzehn Mal allen möglichen Leuten erzählt. Jetzt bin ich müd, wollt Ihr's nicht nachlesen?«

Die Dreistigkeit dieser Frau war wohl beträchtlich, und selbst der Arzt neben mir wurde blaß, aber die Tatsache, daß dabei nichts an ihrem Verhalten tückisch war, ließ mich die Ruhe bewahren. Jedes Wort dieser Frau kam aus einem hocherhobenen Kopf, und ihre dunklen Augen gaben meinem Blick nicht eine Sekunde nach.

»Ich bin in Kenntnis der Aussage Ihrer Person«, sagte ich mit derselben Beherrschtheit. »Teil Ihrer eigenen Aussage ist es, daß Sie während des Besuches Seiner Durchlaucht des Fürsten Kaunitz, welcher Sie später angezeigt, in Ihrer Wohngelegenheit in einem anderen Zimmer als Ihre Tochter sich aufgehalten hat.« – Ich schwieg einen Augenblick. »Also wird nur Ihre Tochter selbst gesehen haben, was ihr dazumal zugestoßen ist.«

Ein verächtlicher Zug spielte jetzt um die Lippen der Frau, sie wandte sich langam ab, bog ihren Leib zärtlich über den Kopf des Mädchens, das sein Gesicht die ganze Zeit nicht einen einzigen Augenblick lang gezeigt hatte. Eine gute Minute verharrte sie so, während ich hilflos dastand. Der Arzt zuckte die Achseln und bedeutete mir abzuwarten. Schließlich drehte sie sich wieder um. Die dunklen Augen waren jetzt ganz eng, und sie sagte langsam, mit beinahe lauernder Stimme:

»Mein Annerl will nix mehr sagen. Nicht einmal mir. Das Annerl ist schon über eine Wochen stumm. Und wenn sie doch wieder was sagt, werd ich's Euch wissen lassen.« Sie sah mich an, und das erste Mal trat die Härte in ihrem Blick ein Stück zurück. »Daß das Annerl nix sagen will, nimmer lachen, nicht einmal richtig schauen, tut mir am meisten weh, und das Weh ist von einer Art, wie es keiner, der mich jetzt befragt, verstehen wird. Schon gar nicht Exzellenz.« – Ich öffnete den Mund. Sie kicherte auf einmal traurig und sagte: »Wenn Exzellenz wieder einmal an sich herunterblicken, werdet Ihr schon feststellen, daß Ihr halt auch ein Mann seid.«

Der Arzt machte mir ein Zeichen. Wir gingen zurück über den Hof, von dem die Wärter mittlerweile, ohne daß ich etwas gemerkt hätte, die anderen Patientinnen entfernt hatten. An der kleinen Pforte schaute ich mich noch einmal um. Die Vihwanz Caecilie mit den dunklen Augen hielt ihr Gesicht verborgen. Aber das Mädchen auf ihrem Schoße hatte jetzt den Kopf heraußen. Ihr reizendes, wenngleich vollkommen verschlossenes Gesicht wirkte tränennaß. Sie hielt sich mit der Hand die Locken aus dem Gesicht und blickte uns mit einem sonderbaren Ausdruck nach.

Am Abend jenes Tages sah ich noch einmal im Amt vorbei. Ich traf meinen Sekretär Hugo Nemeth und wies ihn an, alle Protokolle in der »Causa K.« zusammenzufassen und alles polizeiliche Wissen, das in irgendeiner Form mit unserem augenblicklichen Observanden zu tun hatte, zu einem Dossier zu bündeln. Die einzelnen Aussagen sollten nach Stichhaltigkeit und Anklagetauglichkeit gereiht werden.

Ich war verwirrt seit dem Spitale und konnte mich an den Fußweg in die Stadt zurück kaum noch erinnern. Ich wußte nicht, was tun, nach dieser Begegnung mit der Vihwanz Caecilie. So setzte ich wenigstens die Maschinerie des Amtes so richtig in Bewegung. Mit dem Nemeth übergab ich das Steuer demjenigen Polizisten, dem ich am liebsten vertraue.

Anschließend ging ich wiederum zu Fuß, in die andere Himmelsrichtung, über den Strom, der nur wenig und zudem unansehnliches Wasser führte. Ich möchte nicht wissen, was alles unter dieser Brühe verborgen ist, ging es mir durch den Kopf, als ich über die Marienbrücke zur Unteren Werd marschierte, wo unsere Zeuginnen bis vor einer Woche gewohnt hatten. Als ich das Wohnhaus der beiden Frauenzimmer gefunden hatte, trat ich leise in den Hof. Die Außenstiege brachte mich ins letzte Stockwerk, die Pawlatschen zum letzten Eingang. Ich erbrach das polizeiliche Siegel an der schmalen Tür und stand schließlich in der bescheidenen Küche. Nirgendwo etwas Zerbrochenes, nichts, was auf einen Kampf hingedeutet hätte. Trotzdem glaubte ich der Vihwanz, glaubte ich an die Gewalt an diesem Ort.

Und plötzlich floß ein Strom von Blut durch den Raum. Ich wandte mich hastig um und sah, wie die Sonne über dem Sauberg unterging.

Ich stand lange so da, bis alles Blut versickert und diese Hälfte Wiens so schwarz war wie in allen Nächten.

Als ich zurück in die Stadt wanderte, rastete ich in der Mitte der Brücke. Ich versuchte an nichts mehr zu denken, aber immer wieder tauchte das schöne und gleichzeitig so abweisende Gesicht jener Caecilie auf, und ich hatte den Gedanken, sie könnte – in einer anderen Welt, in einer anderen Zeit – jene rechte, niemals gefundene Frau für mich, den Franziskus, gewesen sein. Dann vertrieb ich den Gedanken und bedachte, wie dringend der stinkende Strom unter mir den Regen brauchte.

5. KAPITEL — VERWANDLUNGEN

Polizeidirektor Siber, in der Mitte des Juni

𝒮odann kamen die berüchtigten Gewitter dieses Vorsommers über die Stadt, und es gab jede Menge Wasser. Zuviel Wasser um diese schwüle Jahreszeit ist in Wien ein fataler Umstand. Unsere unordentliche Canaille drängt mit der Wärme nach draußen und nimmt den ganzen Unrat mit: Marktweiber mit ihrer ganzen Ware kommen zu Sturz, Lastenkarren kippen um, alles fällt auf die Erde; das meiste bleibt liegen zwischen all dem, was der ungeregelte Wiener so oder so auf die Gassen schmeißt. Und das viele Wasser bringt alles noch weiter durcheinander.

Als die Gewitter zwei Tage angedauert hatten, grub man sich in den Gassen durch Fluten von Matsch, der durchmischt war mit Ersoffenem aller Art. Am Burgtor hatten sich Lacken gebildet, weit wie Exerzierplätze, und durch die mußte jeder waten, der die Stadt hier verlassen oder betreten wollte. Selbst die Passagiere der allerhöchsten Fuhrwerke hatten am zweiten Tage dieser Unwetter keine andere Möglichkeit mehr, als auszusteigen, um das Gefährt so leicht wie möglich zu belassen, und selbst zu Fuß jenes Gewässer zu queren, das bald weit bis über die Wadeln reichte und sich im Volksmund den Namen ›Zacherlsee‹ erwarb, nachdem sich der Prediger Zacharias Werner nicht entblödet hatte, für seine Liguorianer von einer ›Sündflut‹ zu sprechen.

Im allgegenwärtigen Morast endeten Dinge, Tiere und selbst Menschen, die betrunken genug waren, hineinzufallen und sich sodann vor lauter Rausch nimmermehr zu rühren, bis sie erstickt waren. Für einen passionierten, freiwilligen Fußgänger wie mich, der selbst im fortgeschrittenen Lebensalter auf allen Steigen der Stadt unterwegs ist, war dieses Wetter – für früher durchaus normal überdies, wie die Alten sagen – keine Schwierigkeit. Ich trug die Sachen armer Leute, die für solche Ausgänge in der Hofstelle bereitliegen, wovon wieder nur mein längstdienender Sekretär, Hugo Nemeth, weiß. In meinem Aufzug wäre ich gut und gerne als ein Handwerksmeister aus dem Lerchenfelde durchgegangen, welcher seinen Wochengewinn in den »Apostelkeller« trägt oder ihn schon dort gelassen hat. Der Dreck, welcher langsam an meinen unteren Extremitäten einkrustete, während ich mich beharrlich wie ein Skarabäus durch das beschriebene Burgtor aus der Stadt hinaus und in die Vorstadt hinein bewegte, dieser Dreck hätte einem solchen Handwerksmeister auch nicht schlecht angestanden.

Man kennt ja die Wiener und wird also wissen, daß die kleinste Abweichung von dem, was man gemeinhin als normal bezeichnet, sie völlig aus der inneren Balance bringen kann. Unwetter wie jene zur Mitte des Junius vergangenen Jahres stellen den Wienern längst eine sogenannte Mordsflut dar, und von einigen wenigen Vernunftmenschen abgesehen suhlte man sich zu jenem Zeitpunkt längst in wohliger Hysterie. Drei Viertel unserer verwirrten Mitmenschen standen auf der Gassen und warteten geil darauf, daß das übrige Viertel durch Unglücksfälle, Verletzungen, Katastrophen oder einfach noch schlimmere Geistesverwirrung als jene der Beobachter zu ihrer Unterhaltung beitrüge.

Ich wanderte trotz des Wassers, das allgegenwärtig war, flott voran. Die Löcher auf dem Glacis, Folge der Erdaushebungen, welche man bei uns ohne eigentlichen Bedarf und zur Ruhigstellung der beschäftigungslosen Bevölkerung wie ein alljährliches Zirkusspiel mit schlecht bezahlten Artisten veranstaltet, hatten sich in der Nacht ganz mit Regenwasser gefüllt. Die schwarzschlammigen Bäche schütteten ihren Nachschub in diese urweltlichen Lacken. Auf der anderen Seite sah ich Kinder und Schweine vorsommerliche Badefreuden veranstalten. Schließlich erreichte ich nach ein paar Umwegen mit kurzen, hochinteressanten Gesprächen das Ulrichsbergl, von dem ich in Richtung des Lerchenfeldes wieder abstieg. Als ich das gesuchte Haus erreicht hatte, faßte ich wie einer, der nur verschnaufen möchte, Posto an einer Ecke.

Weil einer aber nicht allzulang so verschnauft, machte ich mich immer wieder auf, trieb mich durch ein paar Gassen und kam an derselben Stelle wieder an wie ein anderer Mensch, der seinerseits verschnaufen möcht. Keiner bemerkte mich. Alle waren beschäftigt mit dem Unwetter und sich selbst und den geheimnisvollen Zusammenhängen zwischen beiden. Es war noch immer früher Morgen. Die Gasse vor dem betreffenden Hause war ein Rayon gemischter Stände. Das bauchige Haus, vor dem ich wartete, gehörte reichen Leuten, wie auch die Gebäude zu seiner Linken. Zur Rechten aber, wie auch auf der ganzen gegenüberliegenden Gassenseite, befanden sich eindeutig ärmere Wohnquartiere, wenn sie auch – zum Gefallen der Reichen, wie ich mir dachte – an der Außenseite herausgeputzt schienen. Aber nichts ist so geeignet, die Ungleichheiten bei der Verteilung von Hab und Gut an den Tag zu bringen, wie ein Unwetter. Der unablässig strömende Regen zeigte die wahre Natur dieser ärmeren Häuser. Der Niederschlag schwemmte schwarze Bahnen von Dreck und Rost unter den Dächern und Dachrinnen hervor; wie ein nicht zu verleugnendes Mal tropfte dieser Sud an den ordentlichen Mauern herab und verriet allen, auch den Begüterten auf meiner Straßenseite, daß der Dreck und das Verdorbene stets bereit sind und bei jeder Gelegenheit hervordringen können.

Und so verlagerte ich, derweil ich wartete, meinen Posten immer seltener; ich gestattete mir, unbemerkt wie ich war, nur zu schauen. Ich sah eine Gruppe von Buben, im Alter zwischen fünf und zwölf Jahren; sie bildeten ein knappes Dutzend und schwirrten wie ein Schwarm von Schmeißfliegen in großer Hast in der überschwemmten Gasse auf und ab. Was das Gesetz ihres Spiels war, erkannte ich erst im Verlaufe meines Wartens: Weiter hinten in der Gasse befanden sich nebeneinander eine ärmliche Backstube – aus der gleichwohl die anregendsten Gerüche kamen – und die Baracke eines »Doktors«, eines Volksbaders, der den Vorstädtern die sonderbarsten Arzneien für ihre beim Unwetter wohl mit besonderer Stärke auftretenden Leiden antrug.

Die Backstube und das Geschäft des Baders waren gut besucht, und immer dort, wo gerade die größere Menge von Kunden auf Semmeln oder Gesundheit wartete, schwirrten auch die Gassenbuben. Bald wurde mir klar, daß die Kinder gemeines Diebsgesindel oder doch äußerst zudringliche Bettler waren; kamen sie vom einen oder anderen Menschenauflauf zurück, so waren sie stets am Brotkauen oder zeigten einander kleine erbeutete Gegenstände. Manches war vielleicht die Gabe reicherer Brotkäufer an die Buben oder das Geschenk eines Dankbaren, der sich vom Bader geheilt fühlte; die Mehrheit des Gewonnenen schien allerdings auf unredlichem Wege in den Besitz der Fratzen gekommen zu sein. Hie und da hörte man Geschrei und Verwünschungen, auf die die Buben mit triumphierendem Gekrähe antworteten, das man wohl als Schuldeingeständnis deuten konnte.

Ein dünner Lakai mit einem Sack frischer Semmeln, der gewärtig wurde, daß man ihm ein paar Kreuzer gestohlen hatte, machte sich sogar an die Verfolgung der Bälger, aber hier wurde klar, daß die Buben die Geographie ihrer Gasse, deren Pflaster von einer ölig-grauen Wasserfläche bedeckt war, besser kannten als jeder andere. Als sei er von den Flüchtenden geradezu hingelockt worden, stürzte der Lakai schon bald über ein unter der Wasseroberfläche verborgenes Hindernis und fiel der Länge nach in die Brühe. Seine Semmeln verdarben, während die Buben wie federleichte Fabeltiere entschwanden.

In lächerlicher Gemessenheit durchschritt manchmal ein Wachtmeister die Gasse von oben nach unten und wieder zurück. Es schien ihm vor allem bedeutsam, daß sich die Buben wie ein Meer der Gesetzlosigkeit vor ihm teilten; hinter ihm mochte sich ihre – bei aller Boshaftigkeit auch unterhaltsame – Flut wieder schließen.

Ich zwang mich, nicht an meinen Posten als dirigierender Beamter der Wiener Polizei zu denken. Es hätte mich schwach gemacht. Ich ging ganz in meiner Rolle des betrunkenen Handwerksmeisters auf, der bis auf die Knochen durchnäßt in einer belebten Gasse steht, um die seltsamen Eingeweide seiner Heimatstadt zu betrachten. Die lauen Tropfen der Flut, die unablässig in kleinen Katarakten von den Rinnen des Hauses in meinen Nacken fielen, spürte ich nach einer Weile kaum mehr. Ich wurde zu einem Teil der Fassade, sozusagen zu Stein. Meine Blicke folgten den giftigen Schwaden, die über die Gasse dahinzogen (ein Gemisch aus dem Dampf des Regens und dem trüben Rauch der Kamine), und mehr aus den Augenwinkeln folgte ich dem Rasen der diebischen Buben, wenn ihr Weg sie in meine Nähe führte.

Er ist seit vier Jahren wieder in Wien, dachte ich.
Wir haben zweihundertfachen Verdacht auf Unzucht mit minderjährigen Frauenspersonen. Wir haben zweihundertfachen Konterverdacht, daß die nämlichen Personen ihren Hintern mit maßgeblicher Freiwilligkeit dem Begehrenden hingestreckt haben, möglicherweise sogar unter Vortäuschung anderen Alters. Oder daß sie von vierhundertfach vorhandenen Drittpersonen, den eigenen Eltern, an den Täter verscherbelt worden sind. Dieser nämlich gilt als freigebig bis hin zum Hasard, wenn er nur haben kann. Haben, haben. Haben, was er will. Zweihundertfach reckt mir dieser Fall die Möglichkeit entgegen, an das wohl grauslichste Geflecht der wienerischen Zivilisation anzustreifen. Ich will nicht ins schmutzige Land der Begierde. Was muß die Polizei auch dorthin ihre

Ordnung tragen? Dann dachte ich an die Frauen im Narrenturm und verstand wieder, weshalb ich im Regen stand.

Jetzt kamen zwei Soldaten vorbei, links und rechts bei einem Mädel untergehakt. Diesem hing ihr Unterkleid hinten heraus. Auf ihrem Busen, der unter ihrem spitzen Kinn vom Kleid hervorgedrängt wurde, trug sie ein paar blaue Flecken. Die Haare durcheinander. Die Soldaten links und rechts besoffen. Selbst ein Jahrhundertregen, wie alle ihn nannten, diente den meisten zuallererst als ernsthafte Ermahnung, auch innerlich nicht auszutrocknen.

Ich aber war aus Stein.

Dem Archivar Scheidl habe ich gestanden, daß ich nicht in die Hurenhäuser gehe wie alle anderen Polizisten, eingeschlossen ihr gräflicher Minister, weil alle anderen schon dort sind und ich sie schon nüchtern und bekleidet nur in den seltensten Momenten ertragen kann.

»Hundsviech, schau, daß d' weiterkommst«, schrie der eine Soldat und meinte mich. Gerade so einer mußte auf mich aufmerksam werden. Er wollte sicher raufen, doch als ich überlegte, was zu tun sei, erlöste mich der Grund meines Wartens von seiner Zudringlichkeit.

Das Tor des soliden Hauses in meinem Rücken schwang auf, von zwei Lakaien in schöner Gleichmäßigkeit bewegt. Zwei weitere baumlange Livrierte traten auf den Gehsteig, um ihn freizuhalten. Aus dem Inneren des Hauses hörte man Pferde. Der Blick des streitlüsternen Soldaten wandte sich neugierig den zu erwartenden Herrschaften zu, doch die Hure schien es jetzt eilig zu haben. Sie zerrte die beiden Soldaten in die andere Richtung davon, einem kleinen Gäßchen zur Linken zu. »Gemma, gemma«, zischte sie. Jetzt schien sie nüchtern.

Dann kam die Kutsche: Der berühmte meerblaue Zweispänner meines Observanden, auf den er das alte, schwere Wappen seines Großvaters hatte nageln lassen, dieser Wagen, der zu hoch und zu breit für die Enge der Umgebung dimensioniert schien, wendete mühsam in der überschwemmten Gasse. Mich an meiner entlegenen Hausecke ließ man ungeschoren. Ich blickte starr zu Boden, ganz wie ein Betrunkener auf Rast. Jetzt traten zwei Herren aus dem Schatten des Tores und blieben zwischen den aufmerksamen Livrierten auf dem Gehsteig stehen. Ich erkannte meinen Observanden, den Kaunitz, sowie den polnischen Gesandten René von Dombrovski, der unsere Stadt nicht mehr verlassen hatte, seit er anläßlich des Kongresses angereist war.

Dieser Dombrovski steckte sein Vermögen in die technischen Wissenschaften. Er bezahlte ein halbes Dutzend Erfinder; in seinem Haus hatten wir schon die eigenartigsten Apparate gesehen. Im Augenblick ließ er Geld in die Verbesserung der Gaslichtgerätschaften fließen. Der Kaunitz wollte Gaslicht in seinem umgebauten Stadthaus haben. Was die beiden wohl sonst noch zu besprechen hatten?

Der Dombrovski ist ein magerer Geck, der älter wird und ein Lorgnon braucht. Zum Kaunitz muß er aufschauen. Der Kaunitz ist ein Monstrum, zu lang und zu schwer für die Welt. In der Schule gab es sie auch, diese zu schnell Gewachsenen, deren Kindergesichter verdutzt auf langen, schweren, schlecht beweglichen Leibern sitzen. So einer ist der Kaunitz. Sein lockiges Haupt war ungepflegt, wie er da im Regen stand, seine Aufmachung modisch, seine Haut weiß und glänzend. Er sprach auf den Dombrovski ein. Der Dombrovski rieb sich die Hände, wohl vor innerer Kälte, denn er machte ein ganz freudloses Gesicht.

Ich hatte meinen Kopf wohl zu hoch gehoben, denn plötzlich spürte ich, daß man mich beobachtete. Der Blick kam von der Kutsche, wo neben der meerblauen Livree des Kaunitzschen Leibdieners ein Maure saß – mir auch bekannt als Komplize bei den Anzeigen von seiten des Kaunitz, und auch sonst von meinen Zuträgern als ungut, als richtiggehend gefährlich beschrieben. Ich sah zu ihm hin; seine Augen ruhten eidechsengleich ohne Bewegung auf mir und rissen sich nur mühsam los, als die Stimme des Fürsten seinen Namen rief: »Saiff.«

Der Maure sprang mit einem einzigen Satz in die Lacken, schritt mit wehendem Umhang auf den zwei Kopf größeren Kaunitz zu, hob ihn hoch, so daß er ihn wie ein Kind in den Armen hielt, und machte sich daran, ihn bis zur Treppe des Zweispänners zu tragen, dessen Schlag der Kutscher inzwischen aufgestoßen hatte. Bevor er sich ohne ein Zeichen von Anstrengung anschickte, seine unhandliche Last abzusetzen, sagte er seinem Herrn zwei, drei Worte ins Ohr. Der Blick des Kaunitz wandte sich mir sofort zu. Ich tat nichts mehr für meine Tarnung. Ich schaute ungeniert und nahm das teigige Gesicht meines Observanden allmählich in mein Bewußtsein auf. Der Ausdruck des Kaunitz änderte sich jetzt, aus dem hochmütigen Nichtverstehen des ersten Blickes drang Unmut über dieses Beglotztwerden, welches jetzt, wo er es bemerkt hatte, erst richtig ungeniert wurde. Das ist ein alter Trick von mir: Wer sich über Blicke ärgert, schaut selten aufmerksam zurück. Schließlich sah aus den Augen des Kaunitz nur mehr die helle Wut.

Und wie sich sein Gesicht veränderte, verwandelte sich seine ganze Erscheinung in meinem Kopf: Der Adel, der seines Lebenswandels wegen im ganzen Land verachtet und gefürchtet wird, hat an diesem Kaunitz sein Exempel schlechthin. Jedoch nichts an diesem hochgeborenen Schweinekerl ist einzigartig unter seinesgleichen, nur tritt alles Ekelhafte zwei-, drei-, vielfach in ihm hervor. Aber jetzt schaut er zornig, und da wandelt er sich wieder: Auch seinesgleichen, weiß ich jetzt, muß ein solcher Mensch verachten. Die Welt muß er hassen, so weit entfernt steht er von ihr. Die Reichen überflügelt er, die Armen tritt er noch tiefer; in der Vorstadt läßt er sich von seinem Mohren durch den Regen tragen wie ein hilfloses Kind, in der Börse aber hat er Millionen ... Aber so viele Millionen hat er ja gar nicht mehr, seine Verbindlichkeiten, sagt man mir, wachsen; da sind noch die mährischen Güter, aber das Kapital nimmt weiter ab.

Ja, so schau mich nicht so an, du zorniges Milchkind! So

etwas wird es wohl sein, überlege ich mir angesichts der hellen Wut des Kaunitz, welcher noch immer wie ein Säugling in den Händen seines Leibdieners hängt (und diese damit bindet, sonst wäre dieser Saiff zur Vergeltung der Frechheit, die in meinem Schauen liegen muß, längst mit seiner Gerte herbeigesprungen). So etwas wird es sein: ein verfluchtes Milchkind, blöd und leicht beleidigt und mit bedauerlich großen Möglichkeiten.

So etwas oder doch etwas ganz anderes.

Endlich war der Bann dieses langen Blickwechsels gebrochen, der Fürst öffnete seinen feingezeichneten Kindermund und keifte los. »Ja, hat der Depp noch nie einen müden Mann gesehen?« brüllte der Kaunitz mir zu, während ihn sein Diener auf den Stufen der Kutsche absetzte. Der Fürst kletterte jetzt mit einem verzweifelten und wirklich tief ermüdeten Gesicht in den Zweispänner. Der Maure zeigte mir seine Faust, der Kutscher hieb auf die Pferde ein und auf die erwähnten kleinen Buben, die sich sofort mit Spottliedern an die Verfolgung der mit beängstigender Geschwindigkeit davonschlingernden Kutsche gemacht hatten.

Auf dem Weg retour in die Stadt kam ich zur völligen Sicherheit, nicht erkannt worden zu sein. In der Hofstelle gelangte ich beinahe unbemerkt in mein Büro, verschloß es, reinigte mich am Waschtisch, zog die Verkleidung aus und meine eigenen Sachen an. Ich rief den Nemeth, um mich in seiner Begleitung zum nächsten Observationstermin aufzumachen.

Im Zylinder, der Maske des Polizeiorgans, wollten wir einen reichen Kaffeesieder aufsuchen, zu dem wir auch sonst gingen. Wir wählten nur eine andere Zeit, jene nämlich, in der auch der Kaunitz bei jenem Kaffeesieder erwartet wurde, um mit Lieferanten und konspirierenden Bekannten sich zu treffen. Wien ist groß, aber nicht so schwer zu verstehen.

Wir sangen auf unserem Weg:

*Kaunitz finden ist nicht schwer,
ihn zu strafen ein Malheur!*

Wir schwenkten die Zylinder und lachten vor Freude ... Nein: In Wahrheit gingen wir natürlich ganz still und gewöhnlich dahin. Aber der Nemeth ist ein guter Kerl. Ich erzählte ihm mit leiser Stimme von meinem Vormittag, dem Dombrovski und der Schwierigkeit unseres gesamten Plans.

Bald saßen wir im Kaffeehaus des Ignatz Weinbeer auf dem Bauernmarkte, dessen Hinterzimmer berühmter ist als sein geräumiger Gastsaal. Das Hinterzimmer ist noch größer als dieser Saal, es ist eine ganze Wohnung, deren einzelne Räumlichkeiten der Herr Weinbeer zugunsten jenes großen Hinterzimmers aufgelöst hat. Er hat wegen des Andranges seiner Hinterzimmergäste sogar die Zwischenwände entfernt, weswegen ihm sein Haus beinah auf den haarlosen, roten Schädel gefallen wäre. Das Hinterzimmer ist schwer zu überschauen, spanische Wände, Lesestellagen, Spiel- und Billardtische gliedern es in ein veritables Labyrinth, und überdies geht das große Zimmer auch noch um eine Ecke. Man sieht also niemals, wer sich an welchem Orte aufhält, aber man weiß es dennoch, denn die Besucher haben ihre Gewohnheiten und kommen zu jedem Tage gleich. Die Servierer gehen mit den Mokkaschalen herum und kriegen, wie an vergleichbaren Orten, viel zuviel Trinkgeld.

»Lauter Malaisen«, sagte der Nemeth und schaute treuherzig über den Rand des Journals, welches er in Händen hielt.

»Wieso?«

»Vorm Gerichtshof halten die Aussagen nicht stand. Man wird den Weibern nicht glauben.«

»Sie haben sich was schenken lassen ...«

»Das auch. Und ihre Eltern haben sich neue Wohnungen anmieten lassen, und Möbel vom Fürsten gleich dazu. Manchen von ihnen zahlt er Leibrenten, bis zu achthundert Gulden je Monat.«

»Aber bei anderen kann er sich die Leibrenten nicht mehr leisten«, bemerkte ich und sah den Nemeth herausfordernd an.
»Das ist wahr. Da gibt's böses Blut.«
»Schau, da werden wir uns umhören.«
Der Nemeth nickte und folgte seiner alten Gewohnheit, meine Hinweise oder Aufträge verschlüsselt in das Gedruckte seines Journals einzutragen. Er änderte mit seinem Bleistift ein einzelnes Wort, oder zwei oder drei, welche sodann den Sinn des Satzes in einer Weise veränderten, die nur ihm, dem Nemeth, verständlich war. Statt ehemals: ›Seine Majestät geruhte ein Gesetz zu erlassen‹ stand in einem der zensurierten Berichte sodann: ›... geruhte eine Leibrente einzustellen‹, verändert von Nemeths steiler Kanzleischrift. Was einem Außenstehenden wie ein blöder Witz vorkommen mußte, war Nemeths Wissensinventar. In seiner Stube in der Hofstelle lagen mannshohe Türme von alten Journalen, die er seit fünfzehn Jahren nicht mehr hatte wegtragen lassen, und wer die Auflösungen der Rätsel in Nemeths Hirn gekannt hätte, wäre imstande gewesen, aus den kleinen Kritzeleien in diesen Zeitungen eine Chronik der Kriminalgeschichte Wiens zu lesen. Wenige Kollegen kannten oder erahnten auch nur das Wesen der Nemethschen Journalsammelwut. Wie immer goß man zunächst Spott über ihn, nannte ihn in der ganzen Hofstelle heimlich den ›Schriftwurm‹ (der hinter mir, dem verlachten Fußgänger, herkroch).
Dieser brave Sekretär, ein stets besorgt wirkender Lackel von vierzig Jahren mit sanften, beinah heiligen Augen, trug auf Außendienst immer mehrere noch neue oder bereits geringfügig veränderte Journale bei sich, und hinter den Kritzeleien, die einen Unwissenden sicherlich davon überzeugt hätten, daß es sich bei diesem Zeitungsleser um einen Narren handelte, verbarg sich das ganze Geheimwissen des Geheimadministrierten Hugo Nemeth, welches er beinahe ausschließlich mir, seinem ›General‹, wie er mich nannte, zur Verfügung stellte.

»Die Schwierigkeiten, die wir haben, sind folgende«, resümierte mir der Nemeth aus den bereits bestehenden Kritzeleien, auf die er auf der ökonomischen Seite der *Wiener Zeitung* gestoßen war: »Wir wissen nicht, welches von den Mädeln zum Zeitpunkt seiner Entjungferung unter vierzehn Jahr alt gewesen ist, und außerdem können wir nicht sagen, ob der Fürst zu dem jeweiligen Zeitpunkte davon unterrichtet war ...«

»Ich will Ihm eins sagen, Nemeth«, bemerkte ich. »Erstens hätte der Kaunitz auch wider besseres Wissen das Seinige begangen. Zweitens aber hat Er recht, daß viele Mädeln wohl den Hintern selber hingehalten haben. Drittens müssen wir von Fall zu Fall erforschen, was die Wahrheit ist, und viertens wird uns das auch nix nützen, weil, wenn der Staatskanzler seinen alten Freund schon will, dann nur auf frischer Tat.«

Der Nemeth strichelte nervös in seinem Journal herum. In diesem Moment trat der Kaunitz in das Weinbeersche Hinterzimmer. In der Zwischenzeit hatte er sich umgezogen, neue Farben lachten von seinem Leib, ohne daß dieser durch die Maskerade mehr Haltung bekommen hätte. Der Kaunitz wurde vom buckelnden Kaffeesieder selbst hereinbegleitet. An der Tür blieben beide Männer einen Augenblick stehen, der Fürst blickte auf die Kundschaft, die außer an unserem Tisch noch an vier oder fünf anderen Stellen des großen Raumes saß, während der Ignatz Weinbeer unermüdlich auf ihn einsprach, Dinge, die wohl die Kundschaft betreffen mochten, denn der Fürst wandte seinen Blick mit den Zäsuren im Redefluß des Kaffeesieders.

Unsere Köpfe verschwanden hinter den Zeitungen. Als die Beratung schließlich vorüber war und der Kaunitz, gefolgt von einem seiner meerblauen Lakaien, der dem Fürsten schwere Kataloge oder künstlerische Mappen hinterhertrug, an uns vorüberging, senkten wir die Blätter. Der Fürst und ich nickten einander kurz zu; für einen solchen Gruß waren wir einander oft genug, schon zur Zeit des Kongresses, begegnet.

»Der Herr Oberpolizeidirektor«, murmelte der Kaunitz und

sah mich mit einem etwas hilflosen und zugleich niederträchtigen Blick an. Nun vom Fürsten angesprochen, mußte ich den Regeln gehorchen, aufstehen und den stinkenden Hirschen standesgemäß begrüßen. Ich sagte trocken »Durchlaucht« und machte Anstalten, mich aus dem kommoden Lehnsessel zu erheben.

»Nein, nein, nein!« machte der Kaunitz und winkte ab. »Nein, nein, nein!«

Ich blieb also sitzen; der Fürst drückte sich vorbei, der schnaufende Lakai hinter ihm her, einem Tisch unter einem von dichten Vorhängen verhängten Fenster zu.

»Heut hab ich gesehen«, flüsterte ich, »wie ihn sein Neger am Lerchenfeld durch den Regen getragen hat.«

»Es ist ein Jammer«, sagte der Nemeth. Im nächsten Moment stellte er eine Frage: »Weshalb gehen der Herr Hofrat dem Kaunitz selber nach?«

»Wozu? Es wird schon eine Spannung in der Luft haben, Nemeth. Er interessiert mich eben. Obwohl er ein Saukerl ist. Aber eins ist bemerkenswert: Wir sind alle beide anders als der Rest da draußen. Obwohl in meiner Welt kein Kaunitz zu finden ist und in seinem Paradies ich ganz sicher nicht vorkomm. Aber er hat wie ich seine eigenen, in seinem Falle jedoch zweifelhaften Gesetze, die noch zu erforschen sind. Deswegen umschleich ich ihn und möcht ihn persönlich aus der Welt, wie ich sie mir vorstell, hinausstoßen. Einer wie er verdient persönliche Behandlung.« Ich sprach nicht von der Gärtnerin aus der Werd, von ihrem Weh um die Ziehtochter, von den hastigen Augen dieses Mädchens oder von meinem Wunsch, den beiden etwas Gutes zu tun, um die Gärtnerin lachen zu sehen, und sei es nur, weil ihr Kind nicht mehr weinte.

Aber selbst das, was ich tatsächlich sagte, schien den Nemeth stark zu beanspruchen. Entgegen aller Gewohnheit malte sein Bleistift ein kleines, ratloses Gesicht ins Journal. Dann begann er einen leisen, fast tonlosen Rapport über die sonstigen bevorstehenden Amtshandlungen in unserem Fall:

»Bis Ende des Monats machen der Wehrbrunner und der Atzwitz noch dreiundvierzig Befragungen mit den Mädeln.«

»Der Atzwitz ist doch ein Preuß, der versteht nicht einmal, was die sagen.«

»Drum fragt er so genau nach«, bemerkte der Nemeth unbeirrt und fuhr fort: »Der Ebner und ein Zusätzlicher, den der Capellini noch schicken will, sind immer ums Haus und folgen der Kutsche.«

»Haben s' heute aber nicht getan.«

»Weil der Zusätzliche noch nicht gekommen ist, bleibt der Ebner beim Palais. Einen Diener drinnen müssen wir uns noch kaufen. Das dauert auch. Die meisten halten dicht, und ein paar sind narrisch. Außerdem werden noch ein paar Leute observiert, Geschäftsfreunde vom Betreffenden ...«

Ich lauschte dem dünnen Sprechen des Sekretärs eher wie einer einlullenden Melodie, als daß ich auf die Inhalte achtgab. Ich überlegte, wie einfach alles wäre, wenn ich, wie meine Position es vorsah, bloß die Fäden aller dieser verdeckten Investigationen lose in Händen hielte, um im rechten Moment anzuziehen und die gefangene Bestie ihrem Richter zu übergeben. Weshalb rannte ich denn tatsächlich herum? Selbst der eitle Capellini, der mir diesen klebrigen Fall sicherlich vergönnte, erwartete nicht so viel höchstpersönlichen Fleiß.

Ich drehte langsam den Kopf, und mein Blick wanderte vorsichtig zum Tisch unter den Vorhängen, wo der Fürst wie ein zusammengesunkener Kuchen über seinen Mappen saß. Jetzt hob er ein Blatt. Eine karge Ölskizze, weibliche Figur; von der Weite sah man nichts Schlimmes, vielleicht eine antike Allegorie.

»Anstößige Graphiken, Nemeth! Denk Er nach. Der Kaunitz läßt doch ein paar Künstler für sich arbeiten.«

»Ja.« Der Nemeth, sichtlich erleichtert, blätterte wieder in seinen Journalen: »Offiziell viel den Bergmüller.«

»Wie, offiziell?«

»Na, der Bergmüller malt Ansichten von den Kaunitzschen

Domänen bei Austerlitz. Einmal im Jahr ein Porträt des Fürsten, mitunter auch seine Frau, früher auch die Kinder. Er hat den alten Kanzler gleich dreimal für die Gemächer seines Enkels herstellen müssen, in verschiedenen historischen Situationen. Seitdem der Bergmüller übrigens so teuer verkauft, ist ihm der Kaunitz schon zwei Conti schuldig geblieben.«

»Und wer noch?«

»Der andere ist interessanter. Die Sachen da drüben könnten eher von ihm sein. Er heißt Strebel, Julius. Als er jünger war, war sein Name besser, er hat zur Enzersdorfer Malerrunde gehört. Beachtliches realistisches Talent. Als Porträtist beim Kongreß haben s' ihm noch Karriere prophezeit. Jetzt, scheint's, ist er ein wenig verkommen.«

»Ja?«

»Sicher. Dringender Verdacht auf die Herstellung von Pornographika. Mehrfacher Aufenthalt im Kaunitzschen Palais. Bessere wirtschaftliche Situation seit acht Monaten, eben die Zeit, die er jetzt für den Fürsten arbeitet.«

»Er weiß so viel, Nemeth.«

»Sicher. Exzellenz könnten einfach mich weitermachen lassen.«

»Ist's vielleicht unkommod, wenn der Kommandant selbst arbeiten möcht?«

»Nein, General.« Der Nemeth lächelte mich aufrichtig an. »Es ist kurzweilig. Doch denk ich mir, der Herr Hofrat streifen an derlei Sachen normalerweis nicht so gerne an.«

»In diesem Falle schon, Nemeth. Aber trotzdem werd ich Ihn jetzt machen lassen, wie Er's wünscht. Wo arbeitet denn der Julius Strebel?«

»Er hat nichts Großes. Ein Dach am Gumpendorf.«

»Also. Da wird Er mir jetzt aufmarschieren, mit einer Zehnergruppen. Noch heute abend, es bleibt eh so lang hell. Auf der Straße stellen wir die Rayonswache auf. Große Aktion. Die Leut sollen's miterleben. Ihr durchsucht mir alles. Was irgendwie stinkt, nehmts mit. Den Strebel müßts überrum-

peln. Er muß gleich alles gestehen, was er in unserer Sache verloren hat. Seids nicht zu liebenswert mit dem Schmieranten. Nehm Er sich den Atzwitz mit.«
»Exzellenz, darf ich einwenden?«
»Was?«
»Ich glaub, es bringt nix. Der Strebel ist ein armer Hund. Direkte Spuren auf unsere Sache werden wir keine finden. Vielleicht ...«
»Sapperlot!« rief ich und schloß im nächsten Moment schon gepeinigt die Augen. Der Nemeth war von meinen Beamten der einzige, der sich Widerrede herausnehmen durfte, aber diesmal ertrug ich sie nicht. Ich wußte, daß jetzt das halbe Kaffeehaus in unsere Richtung schaute, womöglich auch der Kaunitz selber, also schwieg ich eine Weile, ohne die Augen zu öffnen, und schließlich flüsterte ich dem Nemeth zu: »Ich muß in dem Fall was andres tun als nur Erbsen zählen und warten, versteht Er mich da nicht?« – Der Nemeth überlegte ein bissl, dann sagte er:
»Ja, ich kann Herrn Hofrat verstehen, ich kenne keine Gründe, aber ich kann Exzellenz doch verstehen.«
Er nannte mir die Gasse, in der Strebel lebte und arbeitete. Ich wußte eine kleine Branntweinerei dort und sagte dem Nemeth zu, im späteren Verlauf der Aktion vorbeizuschauen. Der Nemeth blickte zweifelnd, erhob und verbeugte sich, packte seine Journale zusammen und ging.
Ich sank in den Fauteuil zurück, entfaltete eine Zeitung und schloß hinter dem Blatt die Augen. Lange saß ich so, beinahe ohne Bewegung. Die gedämpften Geräusche, welche die Bediensteten des Kaffeesieders Weinbeer und seine Gäste um mich herum veranstalteten, lullten mich nach und nach ein. Ich genoß die Vogelschau in meinem Inneren. In meiner Vorstellung betrachtete ich unsere Haupt- und Residenzstadt von oben, als sei ich ein in großer Höhe schwebender Vogel: Ich sah das Meer der Häuser und die stete Bewegung der vierhunderttausend Ameisen dazwischen, die zu immer neuen

Häusern, immer weniger dazwischenliegendem Raume und immer neuen Schwierigkeiten führte.

Ich glaube an die Ordnung, weil ich überzeugt bin, daß die Ordnung zur Ruhe führt und daß die Ruhe dasjenige im Leben ist, das den meisten Menschen wohl bekommt. Es ist wahrscheinlich, daß meine Triebfedern in all den Jahren mit der Polizei die Prinzipien Ordnung und Ruhe gewesen sind.

Diesen vierhunderttausend steht unsereins, seine Prinzipien in der Hand, nunmehr gegenüber; in der Überzahl sind es Wiener, wie wir sie kennen, unzufrieden, störrisch und eigensinnig auf den naheliegenden eigenen Vorteil bedacht, schlau zugleich, aber doch vor allem träge, weswegen sie leicht oder doch nicht allzuschwer in jene Richtung zu bewegen sind, in die unsere Prinzipien sie weisen. Verlogen und aufstiegsbewußt sind sie überdies, weshalb sie sich gut zu Spitzeln und Gehilfen machen lassen. Ein paar aber, und unser Kaunitz gehört mit Sicherheit zu denen, sind unsere richtigen Gegenspieler, welche das Gesetz nicht aus kleinem Eigennutz oder Faulheit mißachten, sondern aus tief begründetem Überdruß. Das sind die Dämonen einer großen Stadt, die Tag und Nacht wie Siechtum verbreitende Ratten durch die Straßen streifen, explizit im Dienste der Unordnung, ja des Chaos und des Zusammenbruchs. Erfolgreiche Gesetzesbrecher sind die, denen die Ordnung gar nichts gilt. Die Erfolgreichsten unter ihnen folgen einem höchstpersönlichen System und besitzen ihr eigenes Netzwerk. Das System des Kaunitz war seine schrankenlose Begierde, sein Netzwerk der Sumpf seiner Standesgenossen.

Mein Trumpf dagegen waren mein Amt und seine vielen Glieder, aber auch die Gunst des alten Kaisers, der zeit seines Lebens so viele verlogene Adelige gesehen hat, daß er seine Ordnung selbst über sie gestellt hat. Einen wie den Kaunitz, dachte ich, während sich mein Geist langsam aus den Lüften hernieder begab und wieder im Fauteuil des Weinbeerschen Kaffeehauses landete, so einen besiegt man wie im Schachspiel, langsam ihn umstellend und lähmend, nichts übereilend, sich selbst zu keinem Zeitpunkt eine Blöße gebend.

Aber noch einmal stieg ich auf und flog über die Mauern, wieder einmal dem Narrenturme zu, sah jene Cillin und ihr Töchterl im Hofe. Ich war, bemerkte ich, keineswegs für persönliche Verwicklungen in diese Untersuchung geeignet: ganz und gar mitfühlend, rachsüchtig und einer fremden Sache wegen verletzt und berührt wie ein Kind. – Die Konsequenzen meiner Erkenntnis verschiebend, beschloß ich, noch einmal ins Amt zu gehen, um verschiedene Anordnungen zu treffen.

Ich kam schon recht früh zu jener Branntweinerin auf dem Gumpendorf. In der Stadt hatte ich einiges erledigen können: einen Eilbrief an jenen jungen Arzt im Bürgerspital, daß die nämlichen Frauenzimmer unverzüglich in einem Krankenfuhrwerk über die Brücke in die Werd zu den Hochwürdigen Brüdern Karmeliter zu überstellen seien, die abgeschlossenen Krankenberichte hingegen sofort und ohne Aufschub in mein Bureau. Ein zweites Schreiben erging an die Karmeliter selbst, mit welchen der Nemeth bereits eine Unterredung geführt hatte. Sie hatten sich bereit erklärt, ihre Gärtnerin und deren verstummtes Kind vorübergehend im Kloster aufzunehmen, alldorten in Ruhe zu lassen und uns über jede mögliche Veränderung im Betragen des Mädchens Nachricht zu geben. Mein Schreiben nun stellte die Ankunft der beiden für den folgenden Tag in Aussicht. Eine dritte Sendung, ein Paket, erging an den Capellini: das neugeschriebene Dossier, welches sein eigener Hintern bei unserer letzten Begegnung in Unordnung gebracht hatte.

Der Regen hatte aufgehört, als ich aufgebrochen war. Jetzt leuchtete eine orangefarbene Abendsonne in die schmale Gasse, in der nichts war außer arme Leute auf der Suche nach ihren Kindern, die sie zum Nachtmahl heimtreiben wollten. Zum Nemeth hatte ich gesagt, daß ich später kommen würde, also wartete ich. Durch das kleine, halbblinde Fenster der

Branntweinerei, die glücklicherweise dem Haus des Kunstmalers Strebel tatsächlich schräg vis-à-vis lag, würde ich genug sehen. Ich würde sehen, wie sich endlich etwas tat.

Die Rayonswache erschien am Anfang der siebten Stunde; es war ein halbes Dutzend Bewaffneter, dumm wie Stroh, manche von ihnen schon betrunken, manche noch nicht genügend, weswegen sie sicherheitshalber noch in die Branntweinerei auf einen Schnaps kamen, wobei mich, den wiederum in einen Handwerksgesellen Verwandelten, niemand beachtete. Schließlich stand eine Dreiergruppe von ihnen an beiden Ausgängen der Gasse, was zwar nicht eigentlich etwas brachte, da ein Flüchten des Strebel nicht zu befürchten war, aber doch für die gewisse ehrfürchtige Aufmerksamkeit bei einem Polizeieinsatz sorgte. Erste Gesichter erschienen an den Fenstern, manch ein Gumpendorfer nahm an einem Hauseingang oder vor den geschlossenen Läden Stellung, noch ganz ahnungslos, aber doch in Erwartung großer Dinge.

Der Nemeth und der Atzwitz kamen erst eine halbe Stunde später mit sieben weiteren Zivilen. Die Gruppe, vor der die Wachsoldaten hündisch salutierten, ging schnurstracks auf das Haus des Strebel zu und verschwand in der Tür. Jetzt überkam die Schaulustigen endlich der erste Verdacht, und in der Gasse erhob sich ein vernehmliches Raunen. Auch die krumme Branntweinerin und ihr Gehilfe, die wohl befürchtet hatten, der Einsatz gelte ihrem obskuren Unternehmen, erhoben die Stimmen, erleichtert und neugierig zugleich. Ich tat unschuldig, bestellte noch einen Schnaps und fragte nach ihren Vermutungen.

»Wird wohl gegen den Kunstmaler gehen«, sagte der Gehilfe.

»Armer Hund«, sagte die Branntweinerin.

Aus dem Haus gegenüber drang jetzt Lärm. Zerbrechendes Geschirr und eine empörte Stimme, wohl die des Malers, waren die ersten Geräusche. Dann folgte lautes Gebrüll, das ich unschwer dem Atzwitz zuordnen konnte, und in diesem

Furioso an stimmlichem Zorn gingen die Proteste des Malers bald unter. Mehrmals war zu hören, wie Möbel umfielen, vielleicht die Stellagen und Staffeleien des Malers, und dann hörte man wieder ihn selbst, jetzt leiser und weinerlich. Schließlich wurde es still unter jenem Dach. Die Bewohner der Gasse hatten nun zum größten Teil ihre Häuser verlassen und standen in schamloser Neugier auf dem Pflaster herum. Es war deutlich, wie sehr sie sich über die Sensation in ihrem Viertel freuten, ganz gleich, ob jener Maler im Grunde beliebt unter ihnen war, wie es die Anteilnahme der Branntweinerin zu verraten schien.

Die Rayonswache sah ihre Stunde gekommen, und unter großen, lächerlichen Gesten trieben die Uniformierten die Schaulustigen vor sich her und in die jeweiligen Häuser zurück, jenen gewissen Satz auf den Lippen, wonach es hier nichts zu sehen gebe. Die Geilheit aber auf den Gesichtern der Gaffer, die ihre Hälse verrenkten, um nur möglichst lange das Haus und die darin zu erwartenden Sensationen im Blick zu behalten, verrieten den Genuß der Wiener an ihrem Skandal; in dieser Hinsicht eine reiche Zeit in jener Gasse des Gumpendorfes. Erst die ›Sündflut‹, dann die Polizei. »Feuer, Feuer, Häuserl brennt«, hörte ich zwei Kinder in einer der Nachbarwohnungen singen, »alles auf die Straße rennt!«

Nicht lange später kamen meine Männer wieder aus dem Haus. Die ersten sechs erschienen paarweise mit schweren Kisten, die konfisziert worden waren. Dann erschien der Atzwitz mit einem Stapel Bücher. Ich legte sechs Kreuzer auf die Schank und verließ die Branntweinerei. Ohne daß die Rayonswachen mich bemerkten, ging ich geradewegs in das gegenüberliegende Haus, ich stieg die Treppen hinauf und trat durch die offenstehende Tür an ihrem oberen Ende. Im Vorraum stand der Nemeth und machte ein bekümmertes Gesicht.

»Erledigt«, sagte er. »Es ist so, wie ich gesagt habe, wenn der Hofrat gestatten. Wir haben unsittliche Bildwerke sicherstellen können. Wir haben Zeugnisse dafür, daß der Strebel für den Kaunitz gearbeitet hat. Und trotzdem, pardon, hat das alles nicht viel genützt.«

Ich schwieg und schaute am Nemeth vorbei in das einzige Zimmer des Malerateliers, das jetzt sanft in das letzte Rot des Sommerabends getaucht war. An einem kleinen Tisch saß der Maler Strebel, vielleicht vierzig Jahre alt, dünn und kummervoll, mit ungepflegten Koteletten. Ihm gegenüber ein junger Polizist, der das Protokoll fertigschrieb. Der Hausrat des Malers war überall im Raume verstreut, Geschirr zerbrochen, Kleidung zertrampelt worden. Mittendrin lagen die Trümmer zweier Staffeleien; von einer war die Leinwand groß heruntergerissen worden, die andere war unangetastet geblieben.

Das entstehende Bild zeigte Blumen. Die Vase mit den dazugehörigen Modellen war auf dem Boden, zerbrochen. Die Modelle waren klein und blau; sie verwelkten gerade. Der junge Polizist packte seine Papiere zusammen. »Gemma, Saukerl«, sagte er zum Strebel. Der Maler, dessen Hände bereits auf den Rücken gebunden waren, erhob sich. Als er am Nemeth und mir vorbeikam, wollte er etwas sagen, aber statt dessen begann er zu flennen.

»Vielleicht hat's doch genutzt«, sagte jetzt der Nemeth tröstend zu mir, als weinte eigentlich ich.

6. KAPITEL — DIE KÖPFE DES LINDWURMS

*Untersuchungen des Polizeidirektors Ende Juni im Kloster,
im Theater, in der Gesellschaft*

Kloster

*E*ine gute Woche darauf erst war jener Tag, an dem ich zunächst das Kloster der Hochwürdigen Brüder Karmeliter und später das Theater an der Wien sowie eine bestimmte Privatveranstaltung besuchen sollte. Dieser Tag am drückenden Ende des Monats Juni war möglicherweise dafür verantwortlich, daß ich mich nunmehr freue, in wenigen Wochen schon ein Pensionierter zu sein.

Der Hof war auf Kur in Böhmen, und das Leben in der Stadt lief in gedrosseltem Tempo. Ein träges Fächeln schien die Grundbewegung unserer sonst so unruhigen Wiener zu sein, jenes Fächeln, mit welchem man, ansonsten bewegungslos, die spärlich vorhandene Frischluft über dem brütenden Kessel der Haupt- und Residenzstadt an sich heranzuholen suchte. Man schmorte im eigenen Saft, man wünschte sich weit fort, nordwärts, wo es Wälder gab, wenn nicht gleich in die Länder jenseits der Alpen, an die Küste des Meeres.

Mein Trost war, daß auch der Kaunitz die Sommerfrische für jenes Jahr ausgesetzt hatte und zur Überwachung seiner Umbauten in Wien weilte. Die Sintfluten waren vergessen, der rasende Flug der Sommerschwalben schnitt den Himmel in blaßblaue Splitter, und nur der hart und brüchig gewordene Schlamm in den Gassen, den niemand hatte entfernen wollen, erinnerte noch an die vergangenen Regenfälle. Zu diesem Zeitpunkt hatte mein Bureau drei Kisten mit Material gegen den Fürsten gesammelt, das für fünf Anklagen ausgereicht hätte, wäre nicht die ›frische Tat‹ verlangt gewesen. Doch selbst der Capellini war beeindruckt gewesen. Die Justiz könnte damit sogar ihr Auskommen finden, sagte er, er wolle dies prüfen.

Ich wanderte zu Mittag über die Rotenturmstraße aus der Stadt hinaus und erreichte ein paar Minuten nach dem Läuten das Kloster der Karmeliter. Ein junger Hilfskommissär, der zu diesem Zeitpunkt schon den vierten Tag in Folge um die Klostermauern Streife ging, berichtete mir zunächst, daß die der Behörde namhaften Frauenzimmer das Areal nicht ein einziges Mal verlassen hätten; Gesprächen mit den Patres zufolge befänden sie sich aber wohl und in Sicherheit. Als ich mich beim Pförtner avisierte, ging jener den Vizeprior holen, der sich nicht erfreut zeigte, als er mein Anliegen hörte, unbedingt eine kurze Unterredung mit der Vihwanz Caecilie führen zu wollen.

»Die Polizei muß doch spüren, wann sie einmal Ruh zu geben hat.«

»Hochwürden, daß ich den Frieden störe, ist des längerfristigen Friedens wegen.« Schließlich ging der Vizeprior, wobei er eine Klosterschwester mit sich nahm. Ich sah die beiden durch eine kleine Pforte aus dem Kreuzgang, wo man mich warten geheißen hatte, in Richtung der Gärten verschwinden. Ich wartete und lauschte dem Gemurmel eines kleinen Brunnens. Nach ein paar Minuten kam der Vizeprior zurück, die Vihwanz ging aufrecht an seiner Seite. Ich fand ihre Augen abermals voll Widerstand auf mich gerichtet. Ihrem Ausdruck haftete bei alldem doch wieder etwas mehr Lebensfreude an. Allerdings ging ich wohl nicht fehl in der Annahme, daß sie diese mit mir zu teilen nicht gewillt sein würde.

»Sie wird sich schon denken, weshalb ich hier bin«, fing ich an.

»Und könnt Ihr Euch denken, was ich Euch zu sagen hab?« entgegnete die Vihwanz. Indem ich sie ansah, verstand ich, daß mein quasi hüfttiefes Festsitzen in diesem Fall auch mit ihr zusammenhing.

»Daß das Mädel noch immer nix redet?« fragte ich vorsichtig.

»So ist es. Gar nix red't sie. Wenigstens schaut sie wieder hie und da. Wie ein Kind, meine ich, nicht wie ein verschrecktes Viech. Einmal hat sie sogar gelacht.« Die Cillin lachte vor Vergnügen und schaute den Vizeprior an, welcher den Blick lächelnd nach dem Brunnen gewandt hielt. Dann sah sie wieder zu mir und verengte die Augen: »Aber reden nicht. Nicht mir mir. Nicht mit den Hochwürdigen Herren. Mit keinem. Macht mir nix aus. Vielleicht kann sie was vergessen vor lauter Nixreden.«

»Ich weiß nicht, ob Sie begreifen kann, daß unserer Behörde durch solche Widersetzlichkeit die Hände gebunden sind«, sagte ich langsam.

»Das ist keine Widersetzlichkeit«, pfauchte die Vihwanz. »Das ist nur das, was da eben ist. In der Anna.«

»Eine Aussage könnte unsere Untersuchung in die Richtung lenken, wie sie Ihr selbst am Herzen liegen dürft!« versuchte ich. Der nächste Blick war wieder voller Verachtung:

»Ja, was brauchen denn Exzellenz noch eine Aussage? Exzellenz wissen ja doch, was passiert ist. Oder sonst wüßten Exzellenz weniger als andere. Ganz Wien weiß, was mit der Annerl und so und so vielen anderen passiert ist. Machen will halt keiner was.« Sie wandte sich brüsk dem Vizeprior zu: »Kann ich zu meinem Kind, Hochwürden?« Sie war schon auf dem Sprung, da hielt ich es nicht mehr aus, so wund fühlte ich mich innerlich:

»Daß Sie hier ist, mit dem Mädel«, rief ich ihr nach, lauter, als ich es üblicherweise tue, »daß Sie hier ist, das ist mein Befehl. Und was ich will, ist dasselbe wie das, was Sie will.« Sie hielt inne und drehte sich langsam um. Ich erwartete neuen Hohn und wappnete mich. Statt dessen sah sie mich ein paar Augenblicke an und sagte endlich: »Dann ist es doch gut.«

Sie verschwand sehr schnell, und der Vizeprior brachte mich an die Pforte zurück.

So also, ganz und gar ergebnislos betreffend meine Untersuchung, begann dieser Tag, und darin war er nicht einmal schlechter als all die anderen Tage vor ihm. Ich steckte tief in den Nachforschungen und geriet immer tiefer hinein, da ich es vor Ungeduld nicht lassen konnte, mich immer wieder in kleine Investigationsvorgänge einzumischen. Und am Abend hatte ich meinen nächsten Termin, im Theater.

Theater

Man gab an der Wien das Ballettstück, in dessen Premiere der Kaunitz wohl auf das Mädel der Vihwanz aufmerksam geworden war. Eine insgesamt recht belanglose, aber um so reicher ausgerichtete Aufführung mit dem Namen *Das Gastmahl der Tiere*. Ein großer Erfolg, in der Zwischenzeit über zwanzig Mal, auch an Nachmittagen, gespielt, von den Kinderballetten der letzten Jahre vielleicht das meistbesuchte. Die Vorstellung an jenem Abend aber war eine außerordentliche, sie war als karitative Veranstaltung ausgeschildert worden, zugunsten der beiden Komponisten, die die Musik des Balletts geschrieben hatten.

Es war nun mir, wie wohl auch den meisten anderen klar, daß es in Wahrheit nicht um diese möglicherweise sogar wirklich bedürftigen Musiker ging, sondern vielmehr darum, bis zur Sommerpause Anfang August noch möglichst viele Kinderballette unterzubringen, unter welchem Vorwande auch immer. Ich wußte, daß das Hofbureau auf höchsteigenen Wunsch des Kaisers die Kinderballette per Dekret ›in Zusammenhange mit einer bei der Polizei anhängigen Strafuntersuchung‹ verboten hatte; eine zukünftige Wiederaufnahme war dabei ausgeschlossen. Der Direktor Palffy litt wie ein Hund; soviel Geld wie diese Aufführungen brachte ihm wohl nichts anderes ein. Ich kannte das Theater an der Wien lange genug, um zu wissen, daß viele Menschen, die direkt oder indirekt von dieser Sparte der dramatischen Kunst abhingen, über kurz oder lange ins Elend fallen mochten. Selbst bessergestellte Tänzerinnen hatten mitunter vielköpfige Familien zu erhalten. Aber der Kaiser selbst hatte so entschieden, und da war nichts zu machen. Das war Politik und ging mich nichts an. Ich hatte per Order von diesem obskuren Baum nur eine einzige faule Frucht herunterzupicken.

Die Hofstelle hatte Plätze unter ›Polizeiliche Directions-Organe‹ reservieren lassen. Hier saßen nun ich sowie der Inspektor Mayer, welcher bereits seit zwei Jahren an der Wien Dienst für uns tat und verschiedene Untersuchungen mit seinen Berichten fütterte. Der Mayer ist ein jüngerer, einfacher Mann, der sich für nichts so wenig interessiert wie für das Theater und sich daher um so besser auf dessen Auditorium konzentrieren kann. Offiziell, der Theaterleitung gegenüber, brauchten wir diese Loge, um einen ausländischen, in jener Vorstellung tatsächlich anwesenden Sondergesandten zu schützen. Tatsächlich aber lag sie der Loge des Kaunitz genau gegenüber. Ich hoffte, observieren zu können.

Aber ich wurde enttäuscht, denn der Fürst fehlte. Die Loge wurde – große Ausnahme, wie mir der Mayer versicherte – von seiner Frau benützt. Diese saß steinern hinter der Balustrade, und ihre Schönheit glänzte kalt wie eine Landschaft aus Stein und Eis.

Ich wartete bis zum Beginn der Ouvertüre, ob der Kaunitz nicht doch noch kommen würde; vergeblich. Also machten der Mayer und ich uns auf und verließen die Loge, um unser persönliches Theaterstück zu sehen. Nicht *Das Gastmahl der Tiere* wurde für uns gegeben. Nein, wir sahen: *Das Publicum oder Die Köpfe des Lindwurms Wien*.

Der Mayer führte mich nun auf mein Geheiß durch das, was er ›die Därm des Theaters‹ nennt, ein Labyrinth aus gesperrten Korridoren, Durchschlupfen und Kulissen, die Aufenthaltsorte des technischen Personals, uneinsehbar vom Publikum, aber mit zum Teil beeindruckenden Perspektiven auf eben dieses. Ich sehe also das Publikum.

Wie aber soll man diese Affenhorde katalogisieren, über die wir so viele Geheimnisse gesammelt haben? Ihre Gesichter leuchten, wenn der Widerschein des Bühnenlichtes auf sie fällt. Etwas entzündet ein Feuer in diesen Gesichtern.

Wie die Lemuren reihen, die hier zu sehen sind? Einzeln genommen sind sie unerheblich, gemeinsam aber ein Netz des Ekelhaften. Niemals ist mir das so bewußt geworden wie an jenem Abend im Theater.

Vielleicht das Alphabet als Leitfaden? Das Alphabet unseres unnützen Wissens? Also gut.

Hier haben wir A., den Grafen. Ein Einzelgänger, Freund des steirischen Erzherzogs, ebenso passionierter Jäger. Er hat ein paar Duelle gewonnen und doch niemals eine Frau heimgeholt. Jetzt sehe ich, wie seine Augen die Bewegungen des ersten Aktes verfolgen. Ich sehe Adern an den Schläfen des Grafen schwellen und seinen Körper sich spannen.

Zwei Ränge weiter sitzt B., ältere Schwester der Tänzerin B. Sie sei sogar noch viel schöner als diese Tänzerin, hieß es über die B. noch vor ein paar Jahren, aber für die Künste nicht geeignet. Sie empfinde zu tief. Dann begann sie offenbar, bloß noch den Neid wirklich zu empfinden, und jetzt ist sie daran erstarrt, ist auf dem besten Weg zur alten Jungfer und hat nur böse Blicke dafür, was da auf der Bühne geschieht und ihr niemals vergönnt war.

Und dort haben wir C. Etwas rührt sich in einer tiefen Loge, und da sehen wir schon die Baronin von C., Besitzerin des Kahlenberges, Mutter einer hübschen und durchtriebenen Kokotte, die zuletzt tieftraurig aus Liebe zu einem Leutnant des Napolium zugrund gegangen ist. Die Mutter, eben jene Baronin C., frißt seitdem noch mehr. Grinsend macht mich der Inspektor Mayer auf etwas aufmerksam. Wirklich: Brösel rieseln von der Balustrade hinab ins Parkett.

D. ist nicht zu übersehen. Er sitzt in der ersten Reihe. Früher war er Kritiker, dann hat ihn sein Journal hinausgeschmissen, jetzt macht er seine Notizen halt für uns. Spitzel ist meistens Endstation. In der Stadt erzählt D. immer noch, er schreibe fürs Journal. Wer weiß, was er noch erzählt? Neben ihm sitzt die Nichte des Klaviermeisters S. Wer weiß, was er der erzählt? Sie schaut bewundernd zur Hakennase des D., an der sich das Zittern des Bleistiftes in seiner Hand wiederholt.

E. natürlich! E. ist der jüngere E., Bruder des älteren E., des Diplomaten. Dieser hat den Kaunitz in Rom in seinem

Amt beerbt. Es geht ihm gut. Er sammelt Kunst. Bisweilen gibt er dem Kaiser ein Gemälde zum Präsent, weswegen dieser ihm dann Orden verleiht und sich über seinen neuen Gesandten beim Papst noch mehr freuen kann.

F.! Da haben wir endlich die erste Hur. F. ist riesig, überquellend dick und daher, der Tradition folgend, ein Fressen für gewisse kleine, dürre Männer. Der Kleine, Dürre, der diesmal neben ihr sitzt, ist ein bekannter Uhrenbauer aus dem Schweizerischen. Man weiß: Wenn er eine seiner Uhren nach Wien liefert, kehrt er nachher bei seiner fetten Geliebten ein.

G. Oh, G.! – G. ist Dichter. Nimmt man's genau, ist er eigentlich mit seinen circa dreißig Jahren noch ein Jüngling unter Dichtern, doch wie es bei uns einmal ist, schreibt er erst recht wie ein Urgroßvater. Er hat selbst ein Stück an diesem Hause spielen lassen, es hieß *Die Urahnin*, oder ähnlich. Es lief nicht lang. Die Zuschauer gewöhnten sich an, schon vor der Pause zu gehen. G. würde sich wohl gern mit Lorbeer bekränzen; er bliebe trotzdem ein Krautkopf.

Das Theaterstück, das der Mayer und ich jetzt sehen, will nicht enden. Es stiehlt sich die Musik des anderes Stückes und macht sich selbständig. Die Gesichter wiegen sanft zu dieser Musik, und ich frage mich, weshalb die Polizei über all diese Menschen so viel wissen muß.

Wir kommen zu H. H. ist derjenige, dem die H.schen Erz- und Kohlewerke gehören. Eine große Industrie. Und was er selbst für ein Riese ist! Neben ihm sitzen seine beiden kleinen Söhne und seine halbwüchsige Tochter. Rosige, zarte Kinder. Wenn ihm die Lust darüber was er auf der Bühne sieht, allzu kräftig zusetzt, senkt er jovial die Pranken auf die Köpfe seiner Engel, und immer meint man, es bliebe Kohlenstaub davon zurück.

I., ein Offizier. J., gleich noch einer, neben dem ersten. Offiziere im Frieden. Welch ein Anblick! Offiziere im Theater. Was für ein Schauspiel! – Ich folge ihren Augen, wie sie sprunghaft über die Szene irren. Und immer wenn diese Augen aufblitzen, weil sie im bunten Bukett des Gebotenen etwas Neues entdecken, immer dann wirkt es, als hätten die Männer eigentlich den Feind entdeckt und wollten schon im nächsten Augenblicke schießen.

»Wenn ich fragen darf«, ruft der Mayer plötzlich, »worauf schauen Exzellenz denn, mit Verlaub?«

»Psst«, mache ich unwillkürlich, aber der Mayer lacht: »Wir sind hinter dem Orchestergraben. Wir können laut sein, keiner hört uns.« – Wir stehen wirklich hinter einer Holzlattenwand, die uns vom Orchester trennt. Durch einen schmalen Spalt sehe ich das Rund des Publikums, über die verschwitzten Köpfe der Musiker hinweg. Ich sehe die Gesichter, die auf die Szene und scheinbar auf uns gerichtet sind. Einen Augenblick ist mir, als starrten alle mich an.

»Hör Er zu«, sag ich dem Mayer, »und stell Er sich vor, das Publikum hier sei ein Ungeheuer, ein Lindwurm vielleicht mit tausend Köpfen, und wir müßten herausfinden, welcher Kopf es ist, der die kleinen Kinder frißt.«

»Ich verstehe, Exzellenz«, sagt der Mayer und schon hasten wir weiter, unserem nächsten Ausguck zu. Und von da schaue ich wieder zu jener Loge empor, die mich wirklich interessiert, jener von K., dem Kaunitz, und noch immer sitzt dort nur seine Frau, jetzt mit geschlossenen Augen, und lauscht der Musik, während ein Ring mit einem großen Stein an ihrem Finger im Takte wippt.

»Wie ist denn eigentlich das Stück?« frage ich den Mayer.

»Kurzweilig«, sagt der Mayer, und ich glaube ihm.

Und so weiter und so fort: Wir sind beim L., also gleich weiter im Hochadel. Die Erzherzogin L. ist da, und ich hätte sie gar nicht erkannt, die weit über Achtzigjährige, wenn nicht ein Paukenschlag sie da oben in ihrer Loge geweckt hätte. Diese beeindruckende Versteinerung aus den guten Zeiten vor dem Kongreß. Es heißt immer, der Hof erscheine nicht an der

Wien, aber bei dieser Dame ist zu zweifeln, ob sie in zwei Stunden noch weiß, wo sie gewesen ist.

M., der Arzt, der Franzose. Er mag kleine Buben, hört man. Natürlich beobachten wir gerade Ausländer, also auch ausländische Ärzte. Aber Ärzte zu observieren, hat der Kunschak mir vor Jahren gesagt, ist langweilig, denn ein Arzt hat immer mit dem Sterben zu tun, und niemals ist etwas Besonderes dabei.

N., gar nicht weit entfernt, im zweiten Rang. N. ist schon die zweite Hur in diesem Alphabet. Eine Schönheit, gewiß. Wieviel ihr die Sommersprossen auf der Nasen eingebracht haben, ist schwer zu schätzen. Früher hat sie noch für die Kupplerin Grünner gearbeitet. Jetzt könnt sie den eigenen Sparstrumpf nehmen und der Grünner ihr ganzes Hurenhaus abkaufen.

O., in einer Loge mit einem jungen Freund. O., der fette Domkaplan, der, wie es heißt, das Vertrauen des Weihbischofs aus Preußen genießt und damit auch das Ohr des Kanzlers hat. O. hat ein Gesicht so rund wie der Mond und drinnen kleine, bewegungslose Schlangenaugen.

P. Noch einmal die Industrie. Alles wiederholt sich, nicht wahr? Der Affenzirkus tanzt bedrohlich um den herum, der ihm zu lange ins Auge blickt. Oder sagen wir es so: Der Lindwurm pfaucht dem Neugierigen entgegen ... Also P. Auch er besitzt Industrie. Wieder dieser kalte Blick der Jugend, wie bei dem Doktor am Narrenturm. P. ist freilich reicher. Seine Liebe gehört den neuen Maschinen. Kein Zufall: Dombrovski, der Kumpan des Kaunitz, sitzt gleich neben ihm.

Q.! Siehe da, ein Polizist. Mit seiner dritten Frau. Die erste ist ihm weggelaufen, die zweite gleich gestorben. Ein Polizist, der das Vernügen liebt, das Theater, den Wein. Und wir sollen ihm sein Gehalt im Vorschusse zahlen.

Von unserer Loge aus, in die wir nach diesem Rundgang zurückgekehrt sind, sehe ich R. in der ersten Reihe sitzen. R., der Maler, der Romantiker, der die Haare lang und die Fingernägel lackiert herumträgt. R.s Spezialität sind alte Bäume. Das Bild eines alten Baumes bringt ihm soviel, wie bei uns ein kleiner Kommissär im Jahr verdient. Ich muß an den Kunstmaler Strebel denken und werde wieder traurig. – Wien. Die Köpfe des Lindwurmes tanzen.

S. ist Erbin. Sie hat so viel Geld, aber nichts mit den Männern, obwohl vier Duelle ihretwegen stattgefunden haben. Immer mehr hat sie sich den Viechern zugewandt und zahlt ihr Geld dem Literaten Castelli und seinem Viecherschutzverein.

T. Noch ein Arzt. Spezialgebiet Geschlechtskrankheiten. Er ist zu alt, um sich seine Patienten zu merken. Sonst wüßten wir wohl viel durch ihn ...

U ... Gibt es ein U in diesem Saal? Ich bin sicher. Ich müßte wohl nur genau schauen. Aber die Augen tun mir schon weh. Dieses Drama dauert zu lange.

V.! Es geht wieder weiter in diesem Alphabet. V. ist Russe, Sekretär des Gesandten, Säufer, zweite Reihe. Aber wer ist W.? Sein Saufkumpan? Wer X.? ... Y.? Genug damit. Ich verlasse die Loge und sage zum Mayer: »Bleib Er mir da, vielleicht passiert etwas Abnormales!«

Aber wer ist Z.? Z. ist der letzte, auf ihm liegt die ganze Last des Vorhergegangenen. Dahinter kommt nichts mehr. Z., zeigt mir im Foyer ein Spiegel, in den ich schwindelnd sah, das Z. in diesem grauslichen Alphabet bin ich.

Plötzlich erscheint im Foyer der Theaterdirektor, Graf Palffy.

»Hoher Besuch!« sagt er zu mir.

»Reizendes Stück«, sage ich und gehe. Drinnen tost die letzte Szene.

Privatgesellschaft

*H*eraußen stand der Atzwitz. »Exzellenz mögen mir einen Augenblick schenken. Wir haben Nachrichten von Kupplerin Webhofer.« Ich schüttelte mich, um die große Menge an gespenstischen Fratzen, die noch immer in meinem Kopf festhing, loszuwerden. Endlich tat der Nachtwind, der ein wenig Kühlung brachte, das Seine. Die tanzenden Gesichter glitten langsam nach hinten, lösten sich auf. Ich riß die Augen auf und gestattete der bewegungslosen Gestalt des Beamten, der geduldig am Seiteneingang des Theaters auf mich gewartet hatte, in mein Bewußtsein zu dringen.

Atzwitz. Was für eine Wohltat, diesen Kommissär zu sehen, der mir ansonsten – ich gebe zu: wegen seiner preußischen Herkunft und den durchaus oberflächlich daran gebundenen Eigenschaften – einer der weniger Sympathischen war. Atzwitz war Verwaltungsbeamter in Brandenburg gewesen, ehe er im Troß seiner Feudalherrn, einige Aktenrollen im Gepäck, auf dem Kongreß aufgetaucht war und sich in dessen Verlauf in ein armes Schneidermädel verliebt hatte. Er war, abgesehen von jener kleinen, rührenden Frauensperson, an Wien niemals recht froh geworden, und ich verstand ihn eigentlich nicht: Er hätte ja wieder gehen können. Was mir mein Schicksal war, schien bei ihm nur eine Schnapsidee zu sein. Wir anderen in der Hofstelle betrachteten jeden Tag sein leidzerfurchtes Gesicht. Er war seit Jahren nicht mehr befördert worden, obwohl er jede Arbeit mit Bravour tat und ich auch zwei Empfehlungen geschrieben hatte.

Atzwitz sprach nicht ohne Erregung, was bei seiner Sprechweise stets in einem knarrenden Ton Ausdruck findet: »Es sollen zwei Dutzend Mädchen in ein einschlägiges Haus auf den Tuchlauben verbracht werden, betone: wir haben keine Altersangaben, läßt Ihnen Nemeth sagen. Eine Nachtgesellschaft, Exzellenz, zur späteren Zerstreuung der Theaterbesucher, die jetzt noch in diesem Hause sind.«

Atzwitz hat eines dieser großen, langgestreckten preußischen Gesichter, dessen Lebendigkeit dabei untypisch für unseren Berufsstand ist, denn während Polizistengesichter im allgemeinen einen verschlossenen, geradezu vernagelten Ausdruck an sich haben, war das Gesicht des Atzwitz, eingerahmt von silbergrauen Bartstreifen, immerzu in dramatischer Bewegung, als wäre es eigentlich das Gesicht eines Schauspielers oder Dichters, welcher in einem gefühlvollen Vortrag begriffen ist. Im Augenblick mochte ich ihn wirklich gern.

»Namen?« fragte ich ihn.

»Esterházy, der jüngere. Palffy, der Anton. Der neue russische Gesandte. Und Ihr Observand, Exzellenz, wird auch erwartet.«

»Deshalb war er nicht im Theater«, murmelte ich. Es folgten eine Reihe von Namen, wobei der Atzwitz die österreichischen und magyarischen Familien stets falsch aussprach. Er sagte mir die Adresse des Hauses. Es war mir nicht unbekannt. Dort hielt eine wenig erforschte, wenn auch nicht weiter auffällige Gesellschaft, die sich *Societät zur künstlichen Beschleunigung des menschlichen Fortschritts* nannte, ein ganzes Stockwerk für ihre Versammlungen bereit. Vorsitzender Gesellschafter war ein Russe. Von einer nächtlichen Zusammenkunft dieser Gesellschaft war noch nie etwas bekanntgeworden. Nach der letzten, alptraumhaften Stunde war mir unendlich wohl dabei, nun etwas verfügen zu können:

»Jetzt geh Er zum Journaldienst, Atzwitz, und laß Er den Nemeth die Gruppe zwei aufstellen. Ich brauch mindestens ein Dutzend Leut rund ums Haus, wobei niemand direkt in der Tuchlauben oder in der Milchgassen gesehen werden darf.« Bis der Nemeth alles zusammen hat, dachte ich, bin ich selbst vorbereitet am Platz.

»Exzellenz wollen persönlich kommandieren?« fragte der Atzwitz. Ich nickte, und er verschwand, den Ufern der Wien entlang. Als er aus meinem Gesichtsfeld verschwunden war, war die Musik im Inneren des Hauses ein wenig stärker geworden, jetzt wurde sie noch stärker, hier war der Schlußakkord: Jetzt brach das Klatschen los.

Das Gastmahl der Tiere hieß das Stück, und wenn ich an meine Entdeckungen in diesem scheinbar längst vermessenen Landstrich dachte, bekam dieser Name jetzt eine grausige Bedeutung für mich.

Ich riß mich los und wanderte zu einem nahen Meierhof, von welchem ich einen guten Blick auf das Theater hatte. Die Leute strömten nun aus den drei Eingängen, mehr oder weniger nach ihren Ständen getrennt, und sobald sie das Freie erreicht hatten, endete ihr Fluß und sie verbanden sich zu einer enormen Flechte eben gegossener, kunstliebender Pflänzchen. Unter dem Vorwand, einander das Gesehene noch einmal referieren zu müssen, fand man sich bald bei den gewohnten Gesellschaftsspielen wieder.

Zur gleichen Zeit entflammten an den oberen Fenstern der Seitenfront, wo sich die Garderoben der Tänzerinnen und Tänzer befanden, die Lichter, und ich konnte helles Lachen hören, aber ebenso ältere Stimmen, die im ärgerlichen Ton das Durcheinander der jüngeren – nach der erfolgreichen Aufführung hörbar siegreichen – Stimmchen zu überschreien trachteten. Zu Füßen dieser Kakophonie tauchten nun, undeutlich im Dämmer, die Fiaker, Einspänner und Droschken auf, ein Zug von vielfüßigen und -rädrigen Ungeheuern, die sich schnaubend, klappernd und quietschend bereitmachten, die Herrschaften in ihre Bäuche aufzunehmen.

Aber die Herrschaften waren mit ihren Geschäften noch nicht fertig. Ich sah einige der Herren nervös ihre Nachrichten für gewisse Mitglieder des Ensembles verfassen; ihre Frauen standen daneben, die Lakaien parat, sich in das lärmende Durcheinander der Garderoben zu stürzen, um die Avancen der Kunstliebhaber an die richtige Adresse zu bringen. Nemeth, der sich den sichergestellten Briefverkehr in unserer Causa bis ins letzte durchgelesen hatte, hatte mir versichert, daß an einem solchen Abend mehr Gulden versprochen wurden, als unsereiner in einem langen Beamtenleben verdienen mochte.

Ganz langsam löste sich die Flechte am Theater auf. Fuhrwerk auf Fuhrwerk verließ den Schauplatz dieser geschlagenen Musenschlacht; die schöneren fuhren wienabwärts, auf die Tore zu, die kleineren mit den oftmals lauteren Passagieren in andere Richtungen. In meinem Rücken öffnete sich eine Tür des schäbigen Meierhofes, ein altes Gesicht kam zum Vorschein, und unter zusammengekniffenen Lidern sagte eine Frauenstimme:

»Bist as du, Emmi?« – Ich begriff, daß die Frau blind war. »Emmi, jetzt renn, ewig wird as Göd net liegenbleiben.«

Jene Emmi, für welche mich die Blinde wohl eines Geräusches wegen hielt, sollte gehen und die verlorenen Trinkgelder im von den Kutschen aufgewühlten Schlamm suchen; wahrscheinlich gar kein kleines Zubrot für die Leute in diesem Hof, wenn sie auch nicht die einzigen sein mochten, die daran interessiert waren. Ehe die echte Emmi kommen würde, um sich über mein Herumstehen zu wundern, verließ ich den Platz und tauchte in eine der kleinen Gassen ein, die in Richtung Gumpendorf hinaufwiesen. Die Worte der Blinden, die ungeduldig geklungen hatten, verfolgten mich noch ein Stück; allein, ihren Sinn verstand ich nicht mehr.

In Gumpendorf schien der verlogene Glanz des nahen Theaters Welten entfernt. Es tat wohl, daß die wenigen Figuren, die zu dieser Nachtstunde noch auf den Straßen umherzogen, sich um andere Lebewesen kaum zu kümmern schienen. Ich war die lauernden Blicke los. Ich zog meine kleine Taschenuhr hervor. Noch eine gute halbe Stunde, ehe der Nemeth unsere Truppe beisammen hatte. Ich zweifelte ein wenig am Erfolg meines Entschlusses zur Aushebung jener *Societät*, andererseits hatte ich das Gefühl, der Hinweis sei ein treffender, denn die alte Hur Webhofer ließ uns so manchen guten Hinweis zukommen, seit wir ihre Feindin, die Grünner, nicht mehr allzusehr protegieren mochten.

Ich hatte es plötzlich eilig und war froh, mit dem Nemeth schon so lange zusammenzuarbeiten, denn aus diesem oder jenem Grunde war mir klar, daß ich ihn – auch ohne ein Stelldichein vereinbart zu haben, was ich vergessen hatte – vor Sankt Peter treffen würde. Ich eilte in Richtung des Burgtores; vor den ausgelagerten Basteien mußte ich durch eine Wolke charakteristisch wienerischen Sommergestanks wandern, durch die plötzlich, seit vielen Tagen zum ersten Male, mein Kopfweh wiederkam. Im Posten innerhalb des Burgtors fand ich einen Wachsoldaten, den ich kannte, und unvorsichtigerweise, vielleicht auch nur, um mich von den Schmerzen in meinem Kopfe abzulenken, fragte ich bei ihm an, wie viele der vergitterten Wägen in greifbarer Nähe sich befinden mochten und wie schnell man zwei, drei von ihnen am Petersplatz versammeln konnte.

Als ich selbst bei Sankt Peter eintraf, standen die Wagen schon bereit und ebenso meine Gruppe Numero zwei, mit dem Nemeth an der Spitze. Die gewissen Sperrfuhrwerke waren hinter Bäumen und im Schatten niedriger Mauern gut versteckt, man wurde nicht gleich ohne weiteres auf sie aufmerksam. Alles wartete. Meine Leute erkannte ich einen nach dem anderen: Wie überzählige Karyatiden lehnten sie an den Hauswänden, wie graue Geistergestalten streiften sie an den Fassaden der Tuchlauben entlang. Am Anfang der Milchgasse sprach ich mit dem Nemeth.

»Die G'schicht wiegt was, Exzellenz«, flüsterte er. »Die Fenster sind verdunkelt, das haben wir noch nie gesehen, wenn sich diese Fortschrittsvereinigung getroffen hat. Das Haupttor ist übrigens verschlossen, man empfängt durch eine Seitentür, dort links.« Ich sah aus der Enfernung an der linken Seite des Gebäudes das offenstehende Tor zu einem kleinen Park. Im Hintergrund war ein schmales Portal, von zwei Windlichtern beleuchtet.

Der Atzwitz kam mit einem Billett: »Das ist die Einladung,

wie sie von der Webhofer kommt.« Ich betrachtete die Karte, auf der die Namenszeile nicht ausgefüllt war. Zu einer *erfreulichen Illumination* wurde da geladen, die Gesellschaft versprach einen *neuen Feuerzauber*. »Mindestens zwei Dutzend Frauenzimmer«, raunte der Atzwitz an meiner Seite, »hat die Webhoferin gezählt.«

Ich fühlte mich plötzlich um zehn Jahre jünger, wie zu Kongreßzeiten, als ich manchmal das Gefühl hatte, meine Truppe funktioniere wie ein gutgestimmtes musikalisches Instrument und mit ihrer Hilfe sei es nicht unmöglich, diese schmutzige, diebische Stadt im Zaum zu halten. Mit Entschlossenheit sah ich den Nemeth und den Atzwitz an und sagte: »Ich werde selbst vorangehen.«

Ich spürte, daß der Nemeth etwas einwenden wollte, und machte eine abwehrende Handbewegung. Ich ließ mir ein Schreibzeug reichen und trug, eingedenk des jungen Inspektors aus dem Theater, den Namen Maier auf das Billet ein, wenn auch verändert geschrieben. Dann klemmte ich mir die Karte unter den Arm und fragte: »Der Saal ist auf der ersten Etage, nicht wahr?« Der Nemeth nickte sorgenvoll. »Ich werd hinaufschauen«, verkündete ich. »Wenn ihr mein Zeichen vom zweiten Fenster seht, wo der Vorraum sein muß, dann kommts von beiden Türen her ins Haus und perlustrierts mir alle.«

Aus dem verdunkelten Stockwerk des ausladenden Hauses kamen gedämpfte Stimmen. Ich schaute noch einmal die Straße hinab und sah die große Anzahl der Polizisten. Zufrieden machte ich mich auf. Ich ging über den Steinpfad durch den gepflegten Garten, erreichte die Seitentür und klopfte zweimal. Ein Lakai mit einem anlassigen Gesicht und geduckter Haltung machte auf. Er warf einen Blick auf die Karte, beließ sie mir und stieg mir voran eine Treppe empor. Oben trafen wir auf einen zweiten, älteren Lakaien und eine fette Garderobiere.

»Der Herr geruhen abzulegen«, sagte der Lakai, der mich heraufgebracht hatte.

»Und zwar nicht zu knapp«, ergänzte der andere und kniff anzüglich sein linkes Aug zusammen.

»Was meint Er denn?« fragte ich.

»Nun, eine erfreuliche Illumination soll die besten Seiten des Publikums erleuchten«, krähte die Garderobiere.

»Natürlich«, sagte ich unsicher. Ausziehen! Das hier war eine Sittengeschichte. Das hätte ich mir vorher denken können, aber im Augenblick gab es kein Zurück. Ich blickte zu der dicken Frau, legte erst den Mantel ab, zögerte einen Moment und entkleidete mich schließlich Stück für Stück. Vielleicht wegen der Dämmerung in jenem Raum sah man mein Erröten nicht. Als meine Kleider auf dem Tisch der Garderobiere lagen, reichte sie mir eine Silbermünze mit einer Nummer, die ich mir um den Hals zu hängen ersucht wurde. »So kriegen der Herr die Sachen zurück.« Der jüngere Lakai trat auf mich zu, in der Hand eine Art Heroldsstab, den er mir kichernd in die Hand drückte. Der Stiel dieses grotesken Geräts war übermannshoch, an seinem oberen Ende grüßte ein Lorbeerbuschen. »Jedem seine Lanze«, sagte der Domestik und kicherte erneut.

Endlich geleitete man mich zu einer großen Doppeltür. Die Lakaien stießen die Flügel der Tür auf, und ich machte einen Schritt in den dunklen Raum vor mir. Ich hörte, wie die Tür sich schloß. Ein paar Sekunden nur währte das wohltätige Dunkel. Ich ahnte, daß ich in einem großen Saale stand; aus den hinteren – oder eigentlich vorderen – Bereichen kam ein nicht allzu lautes, wenn auch sonderbar aufgeregtes Stimmengewirr.

»Also gut«, kam jetzt eine Stimme mit polnischem Akzent, »es werde also Licht.« Dann flammte ein gleißendhelles Licht auf. Es ging, wie ich sah, von einem komplizierten Apparat in der Mitte des Saales aus und leuchtete in jeden Winkel des prächtigen barocken Raumes.

Und es bestrahlte meine Blöße: Ich war der einzige nackte Gast bei der feierlichen Vorführung von René von Dombrovskis Gaslichtinstallation. Diese ›Orgie‹ war nichts anderes als eine Falle.

Das Publikum schaute zunächst begeistert auf das strahlende Licht; dann entdeckte man mich in seinem Widerschein, mit meinem grotesken Stab in der Hand. Ich sah ebenso zuerst nach dem Licht und dann auf die Leute, die allesamt abendlich-festlich gekleidet waren. Erstes Gelächter kam auf.

Gottlob war der Saal so groß, daß die Gesichter schwer zu erkennen waren, aber ich spürte, daß es die Leute aus dem Theater waren. *Die Köpfe des Lindwurms ...* Aber diesmal war ich das Drama. Krachend fiel mir der Heroldsstab aus der Hand. Das Gelächter wurde lauter. Endlich riß ich mich los und wandte mich um. Die Ansicht meines Hinteren ließ die Lacher noch lauter werden. Ich riß an den Türen; sie wollten erst nicht aufgehen, ich mußte mich mit aller Kraft dagegenstemmen. Endlich sprangen die Flügel auseinander. Im Vorraum war niemand mehr, keine Lakaien, keine Garderobiere. Auch meine Kleider waren fort. Hinten fand ich eine Decke auf einem Fensterbord liegen. Ich wickelte mich ein und stolperte die Stiegen hinunter. Noch immer hörte ich Gelächter und lautes Stimmengewirr. »Maier!« las jemand laut und höhnisch triumphierend von dem Billett, das oben liegengeblieben war.

Ich dankte meinem Schutzengel, als ich als ersten den Nemeth traf. »Alles zurück«, rief ich ihm zu. »Unsere Leut nach Haus.«

»Exzellenz ...?« sagte der Nemeth und blickte an mir herab.

»Das war ein Fangeisen für uns, Nemeth«, sagte ich und flüsterte ihm zu: »Ja keinem sagen, daß sie dem alten Siber dort oben die Hosen ausgezogen haben.« Der Nemeth nickte, wandte sich um und ging die Gasse hinunter auf die Einsatzgruppe zu.

Ich war froh um das nun stockdunkle Wien. Im Schutz der grauen Decke tappte ich über die Milchgasse bis Sankt Peter, schlupfte in die Hofstelle, wo niemand mehr war, fand mein

Bureau und die Verkleidung als Handwerksgeselle und zog sie an. In dieser Aufmachung saß ich bis zum Morgengrauen an meinem Tisch und schämte mich.

In der Früh schickte ich einen Diener mit einer Nachricht für den Portier Strasser in den Narrenturm: Er möge sich an die Fersen jenes Mohren heften, der Dienst beim Kaunitz tat, und uns alles über ihn erzählen. Mit diesem Befehl verabschiedete ich mich, wie ich dachte, persönlich aus der Causa Kaunitz. Ich wollte diese nun allein durch die Maschinerie meines Amtes erledigen lassen. Ich hätte gerne jemanden gehaßt, aber ich wußte nicht, wen. Ich wußte auch nicht, daß der Fall schon bald wieder nach mir greifen würde. Und ich habe schon festgehalten, wie ich mich am Ende dieses Tages auf meinen Ruhestand freute.

Zwei Tage schlief ich, eine Woche kurierte ich mein Schädelweh, und dann war es bereits Juli, und alles kam wieder auf mich zu.

TEIL III

Das Bild von einem lieben Menschen

7. KAPITEL — AULANDSCHAFT MIT MÄNNERN

Seine Durchlaucht zwischen den ersten Tagen des Juli

𝒟ie Tage vergehen.
Im Flußwald steht ein Mann bis zum Bauch im Wasser des toten Flußarmes. Der Mann ist nackt, sein Körper weiß. Er neigt zur Fettleibigkeit. Das Wasser jener stehenden Arme der Donau ist weich und warm; immer wieder gleiten an den empfindlichen Beinen des weißen Mannes kleine Körperchen entlang, vielleicht abgestorbene Blätter von Schlingpflanzen, vielleicht ja auch Tiere, zierliche, blinde Fische, die hier leben mögen. Doch die Sicht des Mannes auf den eigenen Leib verliert sich schon eine knappe Handbreit unter der Wasseroberfläche, zu grün, zu trüb, zu verschlossen ist dieses Naß, als daß auch nur seine friedlich schlummernde Körpermitte sichtbar wäre. Als hätte man einen Fischschweif, so denkt der Mann, einen Schweif, der eins würde mit dem seltsamen Element.

Nun sieht der Mann das zitternde Spiegelbild seines Gesichtes auf dem Wasser. Durch die träge Bewegung der Oberfläche ist dieses Gesicht wohl verzerrt, aber man kann doch erkennen, was es ausmacht. Breite, fleischige Wangen, gräuliche Ringe unter den tief in den Höhlen liegenden Augen, verwahrloste Koteletten an den Schläfen, in die blasse Stirn hängende, verschwitzte Löckchen, die aussehen, als seien sie an den Kopf gemalt. Der Mann läßt nun auch seine Hände ins Wasser eintauchen und bewegt sie mit müden Gesten, so daß der Wasserspiegel bricht und das weiße, geisterhafte Bild, das der Mann sieht, wieder verschwinden kann.

Er macht noch ein, zwei Schritte in Richtung der tieferen Bereiche des Gewässers, der Wasserspiegel reicht nun bis an seine Brust. Er sieht, wie aus dem Schilfwald vor ihm drei braune Vögel gegen den zunehmend sich verdunkelnden Himmel aufsteigen. Die Sonne beleuchtet jetzt noch einmal die Wolkentürme, dann verläßt sie endgültig diese gärende Weltszenerie. Hinter dem geflochtenen Plafond aus Weiden- und Birkenzweigen bleibt jetzt nur noch die drohende Faust des bevorstehenden Donnerwetters, und das schlaffe Wasser scheint nun in einer dämmrigen Grotte zu schimmern.

Der weiße Mann hebt seine Arme, so daß die Fleischwülste an seinem Körper erzittern, und betrachtet die Tropfen, die von seinen Händen auf das ölige Wasser fallen. Dann sucht sein Blick in den Zweigen der Bäume nach Vögeln, aber der ganze Wald ist jetzt, nach dem Verschwinden der Sonne, von vollkommener Öde und Verlassenheit. Schweißtropfen rinnen dem Badenden über die Schläfen.

Der weiße Mann, der da bis zur Brust im Altarm der Donau steht, bin ich. Die Tage vergehen: Ich habe vor einiger Zeit zu weinen aufgehört. Die Tage gehen jetzt sanft dahin, gleiten durch die Finger wie glanzlose, graue Perlen an einer endlosen Schnur. Und doch könnte ich nicht sagen, daß sie leer sind, diese Tage. Mein Dasein scheint vielmehr auf seiner einen Seite zu wachsen, derweil es auf seiner anderen nach und nach zerfällt.

Auf einer dunklen Decke am Ufer hockt ein Mann von dunkelbrauner Gesichtsfarbe. Der Mann trägt einen langen braunen Umhang. Er bleibt dem Wasser wie stets ein wenig fern und schaut mit Argwohn auf das Spiegelbild seines Antlitzes herab. Dieser Mann ist Saiff-al-Islam, mein Wesir.

»Hör Er mir gut zu«, sage ich jetzt, »was die Innovation angeht, die der Dombrovski vorgestellt hat: Wir werden das ganze Haus damit erleuchten. Gaslicht für jeden Winkel, das heißt Taglicht für jede Stunde, und wir müssen den Himmel mit niemandem mehr teilen. Wir werden Morgenlicht, Mittagssonne und Abendrot nachzubilden wissen. Jedes der Malerzimmer soll seine Stimmung kriegen und ein jedes Modell den Sonnenschein, den seine Umgebung verlangt!« – Ich überwinde mich jetzt, lasse mich in den Knien einknicken und verschwinde ein paar Sekunden lang völlig im Wasser. Drunten reiße ich die Augen auf und schaue in ein grünes, undurchsichtiges Farbenspiel. Ich hoffe kurz, einen Fisch zu sehen, als ich aber die Luft nicht mehr anhalten kann, komme ich schnaufend an die Oberfläche. Mein Wesir schaut mich mit schwer zu deutenden Blicken an. Dann öffnet er den Mund zu einer der längsten Ansprachen, die ich jemals von ihm gehört:

»Sidi, wo ich herkomme, reicht ein Finger der alten Gebirge viele Meilen in die rote Sandwüste hinein. Der Gebirgszug ist von einem schwarzen, öligen Gestein; seine zerklüfteten Hänge entzünden sich an den Sommermittagen in der Sonne. Es ist möglich, in dieser Gegend ganze Berghänge beim Brennen zu sehen. Bläulich brennen diese Landschaften, und erst spät am Nachmittag, wenn die Temperaturen sinken, erlöschen sie allmählich. Kleine, zuckende Flammen sind mitunter bis in die Nacht hinein zu sehen. Man will zu ihnen und stürzt die Felsen hinab. Man nennt das Gebirge *Die Ampel des Herrn*. Reiter, die vom Ozean her die Wüste bereisen, hüten sich, ihm zu nahe zu kommen. Die Hitze an den Bergflanken wird so groß, daß ein Reiter von einem Augenblick zum andern von seinem Tier fallen und wie eine leere Nuß in der Wüste liegenbleiben kann.«

»Hat man das jemals gemalt, Saiff?«

»Niemand, den ich kenne, hat es gemalt. Wenige haben es gesehen. Aber es muß diesem Feuer des Dombrovski gleichen.« Er spuckt aus und erhebt sich von seiner Decke: »Wann beliebt der Sidi zum Wagen zurückzukehren?«

»Erst später, mein Guter.«

»Ich werde mir den Wald anschauen, wenn der Sidi erlaubt.«

»Ist mir recht.«

»Ich komme, um den Sidi zu holen.«

Ich nicke, und Saiff verschwindet wie ein Schatten, der durch die Büsche streift. Schon ist er fort – als wäre er nie dagewesen.

Die Tage vergehen, Tage ohne Tränen. Der Umbau in den alten Stallungen meines Hauses ist beinahe beendet, zugleich verkommen die Haupträume immer mehr. Aufgrund der Gasbeleuchtung, die ich anbringen lassen möchte, werden die Kandelaber und Ampeln, selbst die großen Luster nicht mehr bestückt. Es herrscht ein ewiger Dämmer, der nachts in eine giftige Dunkelheit übergeht. Das bisherige Durcheinander ist sodomitischem Wirrwarr gewichen. Selten, daß ich ohne zu stürzen die Zimmer passieren kann. Aber es macht mir nichts mehr aus. Mit dem Ende des Juni ist meine Frau aus der Stadt abgereist. Die Bemerkungen, daß sie nun, da die Allerhöchste Untersuchung gegen meine Person gnadenlos zu werden scheint, an meiner Seite sein müßte, sind an ihr abgeronnen wie Wasser an einem Stein.

Man kann es nicht mehr leugnen: Jetzt bin ich dran. Dreimal war ich in den letzten Tagen in der Hofstelle, um von irgendwelchen subalternen Wichten befragt zu werden. Morgen werde ich den Häuptling dieser Wichte treffen, den Polizeidirektor, den alten Siber. Ich habe ihn zum Tee geladen. Ich lasse extra ein Zimmer putzen. Man hat mir berichtet, daß er selbst die Untersuchung leitet. Also werde ich ihn fragen, was mir bevorsteht. Er hat zusagen lassen, schon gestern. Oder vorgestern? – Wie schwer es wird, die Tage zu unterscheiden. Diese Tage streichen vorüber wie die kleinen Wesen, die unter der Oberfläche dieses Weihers an meinen weißen Beinen entlanggleiten.

Vielleicht ist dieser sonderbare, störrische Siber auch willens, mir ein Zeichen zu geben, wie ich die Widrigkeiten, die mir augenblicklich von allen Seiten entgegenstarren, wieder vertreiben kann. Doch glaube ich es nicht mehr. Ich glaube, daß ich dran bin. Es wäre schlimm, die Stadt verlassen zu müssen. Ich würde es hassen. Überall sind Freunde. Und wenn nicht, dann doch Freundinnen! Gerade jetzt, da ich die schönsten malen lasse, jetzt, da meine Galerie entsteht ... Die Bilder! Ich brauche noch Zeit.

Es gibt jedoch eine Hoffnung, daß es momentan gar nicht gegen mich geht. Womöglich ist die Polizei nur wütend wegen jenes Streiches, den ein paar meiner Freunde ihr gespielt haben, während der technischen Vorführung von Dombrovskis Lichterscheinungen. Ein nackter Inspektor ist im Saal erschienen, in der Meinung, hier gäb's eine Orgie zu perlustrieren! Bedauerlich, daß er so schnell wieder verschwunden ist. Gerüchte sprechen davon, daß der Inspektor hohen Ranges gewesen sei.

Ich hab sehr gelacht. Die Webhoferin steckt dahinter, höre ich, und sogar ein Maulwurf in der Polizei. Wär ich eingeweiht gewesen, hätt ich sicherlich mitgeholfen. Aber ich habe gar nichts damit zu tun. Ich will nur meine Engel malen lassen und meine Ruhe haben. Beten und vergessen. Ich gestehe, daß mir bang ist. Lange war ich meine Ruhe gewohnt, und jetzt scheint es, als werde jede Stunde meines Daseins von drei Kanzleirittern durchforscht. Namen hat man mir bei diesen Befragungen auf den Kopf zugesagt, Namen, an die ich mich beim besten Willen nicht mehr entsinnen kann. Und meine große Frage, welches Leid denn diesen Mädeln schon geschehen sein könnte, um so mehr sie aus ökonomischen Zwangslagen von mir bloß in den Komfort gestoßen worden sind, wird nicht beantwortet. Diese Ritter haben selbst immer nur die eine, dumme Frage: ›War es vor dem vierzehnten Geburtstage oder danach?‹

Ich habe noch immer Zweifel, daß es der alte Polizeidirektor selbst ist, der die Fäden in meiner Sache zieht. Ich kenne ihn doch schon so lang. Er hat mir immer den Eindruck gemacht, als sei ihm allein der Gedanke an das, was er nun an meiner Person untersucht, so unangenehm, daß er es aus seinem

Universum gänzlich fernhält. Er selbst war es doch, der während des Kongresses gerade die Diplomaten vor Nachstellungen behütet hat. Wir verdanken ihm so manche Ungestörtheit. Aber jetzt? Es scheint fast, als müßten für die neuen Regimenter der Beamtenarmee neue Verstöße gefunden und schlafende Notwendigkeiten geweckt werden. Jetzt bin eben ich dran: Jetzt blasen sie zur Jagd auf mein Privatestes, und ich weiß nicht, wie ich meinen Staat der Liebe schützen kann.

Die Tage sind bei der anhaltenden Hitze von einer milden, geilen Beschwerlichkeit. Sie sind ohne Tränen, sie bleiben nicht haften, diese Tage. Schon kurz nach ihrem Erscheinen schwimmen sie nebelhaft aus der Erinnerung, als hätte man gar nicht richtig gelebt, bloß vegetiert, wie ein großes, fleischiges Grüngewächs, das zuviel gesoffen hat, wie eine gewichtige, wäßrige Frucht. Ja, so ist es: Der Baum der Sozietät trennt sich von seiner faulsten Frucht. Aber diese Frucht ist faul genug, um noch im Fallen zu lachen!

Meine Haut wirft weiche, bizarre Falten, so lange stehe ich schon im Wasser dieses Weihers. Ich wate ans Ufer und setze mich, nackt wie ich bin, in den grauen Sand einer versteckten Bucht. Ich wünschte, ich könnte mich zwischen den Tagen besser zurechtfinden, aber die Tage betreffen bloß das Äußere, mein ›normales‹ Leben in der Haupt- und Residenzstadt. Betrete ich aber den Staat der Liebe, dann zählen Tage nichts weiter, nicht in meinem Leben, nicht in jenem meiner Engel. Der Staat der Liebe, an dem ich baue, kennt nur einen einzigen Zustand, jenseits von Tag und Nacht, von Arbeits- oder Sonntag, von Sommer und Winter. Der Staat der Liebe kennt bloß den ewig gedehnten Zustand des höchsten Begehrens. Der Liebesstaat ist ohne Zeit, da er die Zeit an ihrem süßesten Punkte für immer angehalten hat.

Ich lasse meine Engel jetzt malen, um meinerseits die Zeit anzuhalten, und sei's in diesen Gemälden. Es ist der einzige

Weg, den Moment einzufangen, den ich Glück nenne und der noch vor der erschöpfenden Befriedigung steht, den Moment, der sich in tatloser Hingabe verzehrt. Für die normale Erinnerung scheint er zu unfaßbar, zu süß, zu berauschend zu sein. Künstler, merke ich, können ihm nahekommen, führt man ihnen die Modelle nur in den rechten Augenblicken zu. – Die trauernde Dido, Johannas Versuchung, Helena vor den brennenden Mauern, Rachel beim Waschen. Oder: Friedl, Louise, Hetty, Burgl. Mir kommt es auf die Namen nicht an. Aber den Malern hilft es, die Bürgerinnen des Liebesstaates in mythologischer Stimmung zu sehen. Es reicht nicht, wenn ich sage: später Nachmittag in der Wieden, die Sonne scheint auf einen blondflaumigen Arm, einen fleischigen Ellbogen. Das wären meine Mythologien. Aber unsere Künstler lieben es, historisch vor Anker zu gehen, ehe sie ihr Handwerk beginnen. Sollen sie ruhig: Hauptsache ist, die Spuren sind gesichert.

Seit die Ställe umgebaut sind – ist es zwei Wochen her oder drei? –, seither malen die drei guten Männer. Ich vergaß: Es sind nur noch zwei, und ausgerechnet den unglücklichsten von ihnen hat die Polizei hochgenommen. Mitten im Labyrinth meines verkommenen, düsteren Hauses tun die verbliebenen ihr Werk. So weiß ich, daß irgend etwas passiert, trotz der Hitze, trotz der leeren, sommerlichen Stadt, trotz des Netzes, das der Kaiser immer enger um meine Person zu ziehen beliebt.

Es gibt Stimmen, die mich warnen, zu diesen gefährlichen Zeiten ausgerechnet bei mir zu Haus nackte Engel malen zu lassen. Aber sonst könnte ich gar nichts tun. Nur warten. Aber worauf? Ich stehe im sandigen Strom dieser umbarmherzig trägen Zeit. Wie lange es wohl her ist, daß ich selbst in Flammen stand? – Dieser Tag im Mai, als der Palffy noch erreichbar war für mich ... Wir sind schießen gegangen, später war ich bei ihm im Theater. Dort habe ich dann diesen Lockenkopf gesehen. Ob es zu gierig gewesen ist, noch am selben Abend vorbeizuschauen? Aber es gab eigentlich keine Schwierigkeiten. Nicht einmal die Schergen von der Polizei befragen mich jetzt nach diesem Engel aus der Unteren Werd. Es macht schon Sinn, solche Engel und ihre aufsässigen Mütter gleich anzuzeigen. Solches wahrt die Verhältnisse. Aber sie ist ein großer Genuß gewesen, jene, wie ich versucht bin zu sagen, *theatralische* Nacht. Da war ein Leib, den noch keiner vor mir bewundert hatte, noch nicht einmal wissentlich dieses Mädel selbst.

Ich werde mich in dieser Causa noch gütlich zeigen. Die beiden sollen mir gemeinsam Porträt sitzen. Mutter und Tochter, das scheint mir ein ganz modernes Gespann. Ich finde nichts dazu in der Mythologie. Vielleicht werden wir diese junge Mutter ein bißchen umdeuten, zum historischen Wohle des Kindes. Vielleicht ›Salome mit Zofe‹? Nicht schlecht.

Da ist das Gewitter, wenn auch der Regen noch ausbleibt. Die Blitze rasen horizontal über die Welt, wie höllische Reiter. Das Gebrüll des Donners kommt näher. Die Au steht jetzt ganz bewegungslos, in Erwartung des Regens.

Mutter und Tochter. Das Kind nackt, die Mutter halb. Die Frauenzimmer wohnen in der Werd, wo es den Leuten an allem fehlt. Auch wenn die Mutter störrisch war in jener Nacht, zu meinen Gulden hat noch keine den Kopf geschüttelt. Man ist sehr arm dort. Viel Geld werd ich nicht auslegen müssen für dieses Porträt. Saiff hält schon Ausschau auf dem Markt in der Werd, ob er die beiden wieder sieht, um ihnen ein Angebot zu machen. Vom Theater ist das Kind verschwunden. Ich habe gehört, man hat es ein paar Tage eingesperrt. Drum war mir der Palffy ja so gram. Der Engel selbst wird mir wohl verzeihen. Was soll's denn auch, wenn's im Dienste der Liebe geschehen ist?

Es wird mir langsam viel, all meine Engel auszuhalten, mit dem Wagen zwischen all den Wohnungen, die ich bezahle, hin und her zu reisen. Ich sehne mich nach Ruhe, gerade jetzt, wo es, wie mein Wesir sagt, spannend wird. Ich möchte still und beglückt dasitzen, nur sanft und beinahe unverbindlich berührt vom Hauch meiner Engel, vom Abglanz ihrer Schönheit. So sicher, wie die Allerkatholischste Unterlippe und ihre ekelhaften Minister und Beamten gegen mich und damit gegen die alte, goldene Zeit zu Felde gezogen sind, so sicher ist es auch, daß ich selbst älter werde, daß mir die persönliche Gegenwart an der Seite des Schönen nicht mehr allzeit gestattet ist.

Denke ich an diese Nacht am Ende des Mai, dann gerate ich in Aufregung, dann ist mir, als sei ich damals zum letzten Mal in reiner Leidenschaft gestanden, unbeschwert von allem anderen. Aber seit damals: nur Mühsal.

Der Dombrovski möchte sein Licht in meinem Hause erst nach Leistung höherer Vorauszahlungen installieren. Doch ich merke, daß so etwas nicht mehr ganz so leicht ist. Ich sollte herumziehen, um bares Geld aufzutreiben. Doch bei wem? Meine Frau hätte vor ihrer Abfahrt noch einen Wechsel auf den Namen ihrer Familie unterschreiben sollen. Ist sie deshalb früher gefahren? Der Palffy hat selbst kein Geld und spricht außerdem nicht mehr mit mir, seit jener Nacht Ende Mai. Er behauptet, das kaiserliche Schreiben, das ihm seine Kinderballette untersagt – worüber ich doch an allererster Stelle traurig sein muß! –, sei meine Schuld. Er entläßt ein halbes Hundert Leute dieser Tage, und dabei macht er es wie ich: Er bleibt die Gagen schuldig. Ich habe ihn ja angetroffen, in Begleitung eines Juden, beim Kaffeesieder. Vorgestern? Die vergangene Woche? Soll mich keiner fragen. Ob die Juden ihm das Theater retten können?

»Palffy, wie steht's denn?« frag ich ihn, richtiggehend erfreut, einen alten Freund nach langer Zeit zu sehen, wenn er auch ein ewiger kleiner Bruder bleibt.

»Sei nur still, eh ich mich vergeß«, sagt er ganz leise.

»Wer wird denn mit dem Leben hadern?« frag ich.

»Jetzt brauchst ein neuen Kumpan für deine Witz, Kaunitz«,

sagt er. Dann nix mehr. So schnell geht das. So schnell verliert man einen Freund. Der Saiff hat die Ohren weit aufgesperrt und dabei gehört, daß man bei Hof darauf wartet, daß der Palffy seine Unterschrift unter ein Protokoll meine Person betreffend setzt. Vielleicht hat er's ja mittlerweile getan. Ich hab es immer gesagt: Er ist der Allerkatholischsten Unterlippe immer für ein Episödchen gut. Bürokratische Judasse haben wir in unserem schönen Wien.

Sonst? Ja, ich war auch wieder bei Gott, in der Kirche. Vor zwei Wochen? Vor drei? Diesmal ist der Bischof mit dem Leib Christi glatt an mir vorübergegangen. »Das Sakrament!« habe ich leise gerufen, an der Balustrade kniend. Aber der Bischof hat gar nicht darauf geachtet. Ich stehe nun wohl vor den Toren der Gnade Gottes. Das kann nur zu meinem Besten sein.

Da! Da ist der Regen. Etwas trifft mich an der Stirn, doch schon im andern Moment bemerke ich, es ist gar kein Tropfen. Es ist ein kleine, bissige Stechfliege. Der Himmel regnet Ungeziefer. Schon trinkt das Vieh von meinem Blute. Da ist noch eine, an meinem Bein. Hier eine dritte, eine vierte. Die Luft schwirrt jetzt vor diesem plötzlich aufgetauchten Getier. Die Insekten stechen an mehreren Stellen zu, der Schmerz ist nicht schlimm, aber die Panik vor der Ubiquität meiner Peiniger bricht in mir aus. Ich kann nichts tun, ein Blick zum Hohlweg sagt mir, daß Saiff und der Wagen noch nicht da sind. Aus Angst vor dem Aufgefressenwerden stürze ich ins Wasser zurück und lasse mich zur Gänze davon bedecken. Auf dem Gesicht des toten Flußarmes schimmert jetzt der Widerschein der Blitze, ein ungesundes, ein giftiges Wetterleuchten.

Würde mich jetzt ein Fremder sehen, er hätte ein Bild biblischen Jammers vor sich. Die Farbe des Himmels ist schwefelgelb, ständiges Feuer zieht über ihn hinweg. Über meinem Kopf schwirren die kleinen Widersacher, ungeduldig auf mein Auftauchen wartend. Die ganze Au ist eine Drohung. »Saiff!«

brülle ich durch das lauter werdende Donnern. Aber noch Minuten muß ich warten, ehe mein Wesir mit einer Pferdedecke kommt und mich erlöst. Auf dem Weg zum Einspänner saufen ungezählte Quälgeister aus meinem Leib. Endlich fahren wir. Saiff kutschiert selbst. Jetzt ist der Regen wirklich da, binnen kurzer Zeit wandelt sich der Hohlweg zu einem schlammigen Bach. Wir kommen nur langsam voran, und plötzlich bleiben wir ganz stehen.

»Was ist?« schreie ich.

»Sidi«, höre ich meinen Diener, »schaut nach links. Dort steht er. Ich werde ihn erschießen.«

Ich erinnere mich, daß Saiff seit einigen Tagen von diesem Verfolger spricht. Von absonderlichem Aussehen sei dieser Mann, immer auf unseren Spuren, und manchmal verfolge er auch Saiff allein auf seinen Gängen, gerade ihn, der das Spiel nur von der anderen Seite kennt.

Ich schaue aus dem Fenster: Da steht tatsächlich mitten in den Brennesseln eine Gestalt, eher lächerlich als furchteinflößend. Ein Mann von vielleicht fünfzig Jahren, dick, mit einer langen Schlafmütze und zerbrochenen Augengläsern. Der Mann steht einfach da und starrt ohne Bewegung auf uns herüber.

Jetzt höre ich den Schuß aus dem Pistolet meines Wesirs. Der Mann verschwindet, und im nächsten Augenblick sehe ich, wie Saiff vom Bock springt und das Gestrüpp durchsucht. Wütend tappt er zwischen den Brennesseln umher, ich höre ihn arabisch fluchen. Endlich erscheint er wieder beim Wagen und blickt ratlos durch das Fenster zu mir herein.

»Sidi«, sagt er mit verständnislosem Gesicht, »er ist weg.« Saiff macht eine Pause, während der ich leise schnaufe. Dann sagt er: »Ich glaube fast, daß selbst die Gespenster dieser Stadt auf unseren Fersen sind.«

Als wir heimkommen, wartet ein Lieferant in der Halle. Ich unterzeichne und reiße das kleine Paket auf. Es kommt gerade vom Balgpräparierer. Der Pirol ist ein Meisterwerk. Ich stelle ihn auf meinen Schreibtisch und berühre ganz sacht seine seidigen, sonnenfarbenen Federn. »Deine Stimme«, sage ich, »hat dem Wald heute gefehlt, mein Freund.« Dann gehe ich zu Bett, abermals, ohne geliebt zu haben.

8. KAPITEL — GARTENSTUNDE

Anna Vihwanz am Anfang des Juli

*I*ch rede ja.

Ich rede schon länger, wenn auch nicht auf Aufforderung, sondern nur dann, wenn mir nach Sprechen ist. Eigentlich hab ich kaum je gar nix geredet, vielleicht einen Tag lang nach der Arrestierung. Die Cillin weiß, daß ich rede, sie freut sich, wenn ich's tu, und sie hält's geheim. Wenn ich, wie es heißt, ›nicht geredet‹ hab oder doch fast nicht in den Wochen nach der nämlichen Nacht, war's, weil nix zu reden war, außer über jenes nämliche Vorkommnis, und ich gerade über das nicht hab reden wollen.

Ich hab schon gemerkt, wer sich aller gewünscht hätt, daß ich red: erst die Rayonswache, dann die Kommissäre im Gefangenenhaus. Im Spital ist sogar ein fescher Kavalier aus dem Ministerium vorbeikommen. Dann natürlich der Doktor und der Oberpolizist, dieser Hofrat von Siber, welcher auch zu den Hochwürdigen Brüdern noch einmal gekommen ist.

»Ist leicht einzusehen, daß es denen nicht um uns geht«, hat die Cillin bald gesagt.

»Um wen dann?« hab ich mit den Augen gefragt.

»Was wir sagen können über den Kaunitz.«

Alle wollten gradheraus nur von dieser Nacht hören, von dem Besuche dieses Kaunitz und seines Mohren in unserem Zimmer in der Krummbaumgassen. Allein der Doktor hat es manchmal geschickter gemacht, hat Fragen gestellt betreffend unser Leben, die Schul, das Theater, wobei doch schnell verständlich war, daß dahinter seine Neugierde die nämliche Nacht betreffend allzubereit gelauert hat.

So hab ich geschwiegen.

Man kann freilich auf verschiedene Weisen etwas sagen, und die Cillin hat mich gut verstanden, wenn ich während der ersten Tage nach der nämlichen Nacht nur ein bißchen an ihrem Hals gesummt habe, kleine Melodien, ganz eins welche, und das hat dann geheißen: ›Ja.‹ Oder: ›Ich will nicht.‹ Oder: ›Ich kann's nicht sagen.‹

Aber jetzt red ich wirklich. Langsam und vorsichtig und nicht zuviel. Aber weil keiner außer der Cilli davon weiß und sie selber mich nicht drängt, genieß ich die Ruh, die ich hab.

Am gestrigen Tag hab ich zum Beispiel folgendes gesprochen: »Ich möcht jetzt nach Haus.« Ob mir nicht graust vor dem Platz, fragt die Cillin. – »Nein, ich möcht nach Haus.« Die Cillin hat überlegt und gesagt, gut, man wird sehen, was die Polizei dort noch will, eigentlich steht dem Nachhausgehen nix im Weg. Sie wird aber vorher in unser Zimmer schauen, ob alles in Ordnung ist. Von den Hochwürdigen Patres muß man sich abmelden und ihnen Dank für den Unterschlupf sagen. Mir war das recht, und die Cillin ist gleich los.

Man hat ihr schon länger gestattet, das Kloster zu verlassen, nur aus der Stadt fortgehen, das dürfen wir beide einstweilen nicht. Ich bin im Garten hockengeblieben, weil wenn wir nicht schlafen in der kleinen Kammer hinter der Pförtnerei, dann sind wir fast immer im großen Garten des Klosters. Die Cillin hat dort zu tun, und ich kann Ordnung bringen in meinen Kopf.

Wie die Cillin dann fort ist, bin ich allein im Garten zurückgeblieben. Die Zeit, die wir jetzt haben, ist voller Gewitter. Es hat zu dem Zeitpunkt noch nicht geschüttet, aber es war schwarz, die Luft war warm und drückend, und ich hab beobachtet, wie die kleinen Viecher, die Käfer und Falter, die Fliegen und Mücken, von der Luft herabgedrückt werden bis zum Boden. Die Schwalben haben nah an meinem Kopf gejagt und sind sogar noch tiefer geflogen. Zu meinen Füßen ist eine Kette von Feuerkäfern vorbeigezogen, feuerrot und mit schwarzen Zeichen auf dem Rücken. Die Cillin sagt immer: ›Da ist was Totes, wo die Feurigen hinwollen.‹

In meinem Leib gibt es Knochen, die von dieser nämlichen Nacht her noch immer schmerzen, wenn auch die Ärzte sagen, solche Knochen hat kein Mensch im Leib. Wenn ich im Garten hocken und nur schauen kann, und außer der Cillin ist keiner da, dann merk ich, daß die Knochen da sind, denn ich spür sie langsam heilen.

Wie es dann sein wird, zu Haus, hab ich mir überlegt. Im Gras neben mir hat es geraschelt, und da war ein grauer Kater mit gesträubtem Fell am Rücken und pfeilgeradem Schweif auf der Pirsch. Die ganze Gegenwärtigkeit von dem Unwetter hat sich jetzt über den Garten und die Wiese gebreitet, und dann ist in Richtung der Donau ein erster Blitz zu sehen gewesen. Bis der Regen da war, bin ich im Gras sitzengeblieben und schließlich zu dem Stadel gerannt, in dem die Hochwürdigen Brüder ihre Sensen und Bohnenstangen aufbewahren. Vor einem Strohballen hab ich mich zusammengerollt. Auch der graue Kater hat am selben Platz seinen Unterschlupf gefunden. Auf dem Bretterdach des Stadels sind die Tropfen zu hören gewesen. Der Regen war bald lauter als der Donner, und das lange Gras ist ganz niedergedrückt worden davon.

So bin ich eingeschlafen und erst später, als der Regen vorbei war, aufgewacht. Ich hab schwache Sonnenstrahlen gesehen, es ist der späte Nachmittag gewesen. Der graue Kater ist zusammengerollt auf meinem Bauch gelegen. Die Cillin hat an meinem Arm gerüttelt. Ich bin gar nicht richtig wach geworden.

»Ich werd nach dem alten Polizeidirektor schicken lassen«, hat die Cillin gesagt.

»Warum denn?« hab ich mit den Augen gefragt. Die Cillin hat zurückgeschaut, als würd sie überlegen, was sie sagen soll. Dann hat sie mir wie immer die Wahrheit gesagt:

»Den Mohren vom Kaunitz hab ich auf dem Markt troffen.«

Mir ist mit einem Schlag eiskalt worden.

»Hat er dir weh tan?«

»Nein, hundsfreundlich war er.«

Ich hab gar nix gesagt.

»Ich geh zum Pater Pförtner, daß er einen in die Polizeistell schickt. Bist noch müd?« Ich hab genickt. Ich bin immer müd in diesen Tagen. »Na, schlaf weiter bei deiner Katz!«

Die Cillin ist mit großen Schritten über die Wiese davon. Ich hab mich eingerollt, rundherum um den schlafenden Kater, und war schon bald nicht mehr sicher, was ein Traum war, was Wirklichkeit und was das Gewitter.

Das zweite Mal erwacht bin ich mitten in der Nacht. Recht geschieht's: Wenn man schlaft am Tag, wacht man mitten in der Nacht auf, und das ist eine Art von Wachsein, wie es von anderen Zeiten verschieden ist. Wenn gar nichts lebendig scheint in der Nacht, wenn sich alles versteckt und schläft, dann ist man ganz mit sich allein und kann sich auch besser verstehen.

Wie ich aufgewacht bin, bin ich immer noch hinter der Tür des kleinen Holzstadels gelegen. Die Cillin hat mich schlafen lassen, solang ich wollen hab. Aber wie ich die Augen aufgemacht hab in einer Dunkelheit, die nur von ein paar milden Lichtern aus dem Kloster aufgehellt worden ist, hab ich sie draußen vor dem Stadel stehen sehen, wunderschön in der Nacht, und daneben eine kleine Männergestalt.

»So braucht Sie bloß die Zeit an uns weiterzugeben«, hat diese Gestalt gesagt, so daß ich die Stimme von dem Polizeidirektor hab erkennen können, »und alles kann seinen rechten Verlauf nehmen.« Die Cillin war still. »Ich möcht gern, daß Sie eines weiß: Ich wünsche Ihr und dem Kind Gerechtigkeit.«

»Gerechtigkeit gibt's nie von den Menschen«, hat die Cillin gesagt, und dann: »Wir sind der Köder für Exzellenz. Aber ich mach nur das, wozu mein Kind ja sagt.«

Der Polizeidirektor hat einen Augenblick die Hand gehoben, als wollt er etwas Freundliches damit tun, dann hat er sie aber sinken lassen und ist ohne Gruß über die Wiese davon. Ich hab bemerkt, daß er schlechter gegangen ist als beim letzten Mal. Die Cillin ist zu mir in den Stadel gekommen und hat bemerkt, daß ich nicht mehr schlaf. Gleich ist sie aufrecht wie eine Kerze neben mir gesessen und hat mich mit großen Augen angeschaut.

»Hast Angst?« hat sie mich gefragt. Ich hab auf die Nacht gehört. Man hört da ganz dunkle Vögel, die man sonst nicht erleben kann, und das Rauschen der Bäume im Nachtwind über dem Garten.

»Hmm«, hab ich gemacht.

»Gar keine Angst, Annerl?« Die Cillin hat noch einmal gefragt und ein bißchen gelacht, wie ich es lang schon nicht mehr gehört gehabt hab.

»Vorm Wehtun«, hab ich gesagt.

»Das ist jetzt vorbei«, hat die Cillin gesagt. »Aber hast sonst Angst?« Ich bin ruhig geblieben, und schließlich hat sie gesagt: »Komm. Jetzt schauen wir einmal nach Haus.«

Und mich, die ich noch ganz verträumt bin, nimmt sie an der Hand, wir gehen durch den Klostergarten, durch den Kreuzgang und an der Pforte vorbei. Der Pförtner, der geschlafen hat, wird wach und nickt der Cillin zu. Draußen liegt die Nacht schwarz über der Werd. Wir gehen das halbe Stück von meinem Schulwege, bis wir in der totenstillen Krummbaumgassen vor unserem Haus stehen. Die Cillin hält das Windlicht hoch, und wir gehen zuerst in den Hof, dann über die Stiegen bis zu unserem Stock. Oben nimmt die Cillin den Schlüssel von ihrem Hals und sperrt die Tür auf. Ein Rest von einem amtlichen Siegel pickt auf der Tür. »Polizei«, sagt die Cillin. – Ich muß Luft holen, ehe ich in das Zimmer hineingeh, aber dann geht's ganz leicht. Es ist drinnen alles wie immer, alles sauber aufgeräumt. Nicht daß wir viele Dinge besitzen, aber das Wenige ist da.

»Wie lang is her, Cillin?« frag ich.

»Sechs Wochen«, sagt sie. »Keine Angst mehr, Annerl. Jetzt schaut das Donauweibel auf uns.« Wir sitzen auf dem Boden. Warm genug ist's. Wir sitzen links und rechts von dem Windlicht, in das die Sommernachtfalter einer nach dem anderen hineinfallen und verbrennen.

»Das war lang nimmer da, das Donauweibel«, sag ich.

»Brauchst nicht glauben. Es kommt immer wieder zurück. Mit der Gerechtigkeit.«

»Für mich?«

»Sicher. Schau nur, in den Jahren vom Krieg gegen den Napolium, wie's im Niederösterreichischen unordentlich zugangen ist, da ist einmal ein Mädel wegen des Hungers mit ihrem Bruder zamm von Zwettl nach Wien, und zwar über Langenlois. Das Mädel dreizehn, der Bruder siebzehn Jahr.« – So beginnt die Cillin diese Geschichte, und sie beginnt so teilnahmslos und leise, daß ich am Anfang nicht merk, daß es eine richtige Geschichte ist. – »Die zwei sind deswegen über Langenlois, weil dort eine Tant von ihnen gewohnt hat und sie gehofft haben, sie kommen auf ihrem Hof unter. Aber die Tant hat nix weniger wollen als zwei neue Mäuler, und nicht einmal die Nacht haben s' bleiben dürfen. Eigentlich hat der Bursch ja allein auf Wien gehen wollen, und nur weil die Schwester so bettelt hat, daß er s' mitnimmt, hat er schließlich nicht mehr dagegeng'redet. Aber auf dem Marsch war er bös und finster.

Ein Stückl unter Langenlois sind sie, schon in der Nacht, in ein Wirtshaus kommen, wo der Bruder ausgehandelt hat, daß sie im Stall schlafen dürfen, wenn er am andern Tag vier Stund beim Dreschen hilft. Bevor sie sich ins Heu gelegt haben, sind s' noch in der Schank gewesen, wo man ihnen ein hartes Brot und einen Krug schales Bier geben hat. Dort in der Schank waren zwei Soldaten, ganz heruntergekommen, und ein reicher Pferdefleischhauer aus Retz mit seinem Gesellen.«

Die Cillin ist einen Moment lang ganz ruhig, als hätt sie den Lauf ihrer Geschichte im Finstern verloren. Wie sie weiterredet, ist ihre Stimm ganz grau und tonlos, wie ein stumpfer Nebel, im Herbst, in der Früh.

»Wie das Mädel mitten in der Nacht wach wird, hat sie bemerkt, daß es hell war, weil jemand, den sie nicht gesehen hat, hinten ein Licht gehalten hat. Grad über ihr aber waren hintereinand erst die Soldaten und dann der Pferdefleischhauer. Ihr Bruder war fort. Die drei Fremden sind über das Mädel gekommen, wie der Kaunitz über dich, wie irgendein Mann über jedes Mensch herfallt, das sich nicht wehren kann. Das hat über eine Stund gedauert, und das Mädel war nachher wund und zerbrochen. Rühren hat sie sich erst gar nicht können, und endlich ist sie durch das Wirtshaus geschlichen, auf der Suche nach ihrem Bruder.«

»Der war nicht da«, sag ich.

»Im Hinterzimmer neben der Schank hat sie ihn gefunden, beim Saufen mit den zwei Soldaten. Wie das Mädel in das Zimmer gekommen ist, hat er blitzschnell einen kleinen Haufen Geld eingesteckt. Die Schwester hat ein bissl gebraucht, bis sie alles verstanden hat. Sie hat ihren Bruder nicht mehr angeschaut, nicht auf dem Rest des Weges, nicht beim Ankommen in Wien. Die hat kein Wort gesprochen. Er hat ein Tagbett für beide gefunden auf dem Lerchenfeld, aber sie hat nicht bei ihm im Bett liegen mögen und statt dessen lieber auf dem Boden geschlafen.«

»Und wo ist da das Donauweibel gewesen?«

»In der Donau«, sagt mir die Cillin und schaut mich mit feuchten Augen an, worüber ich mir wegen der Dunkelheit aber nicht sicher bin. »Und es hat gewußt, wo es auf den Bruder warten muß.«

Wieder ist ein Nachtfalter in die Kerze gestürzt, es war ein ganz pelziger, und er hat bläulich gebrannt, ehe er sich gebogen hat und gestorben ist.

»Der Bruder hat ja Geld im Sack gehabt, und schon am

vierten oder fünften Tag in Wien, noch bevor er Arbeit gefunden hat, hat er sich bei einem Branntweiner in der Rossau ang'soffen, mit schlechtem Treberner. Er war so vollkommen besoffen, daß er sich verirrt hat und mitten in der Nacht am Donauufer liegengeblieben ist. Der Treberner hat gebrannt in seinem Leib, und der Bursch hat Wasser gesoffen wie ein Kalbl, weil er gedacht hat, daß es ihm dann besser geht. Endlich hat er mit einem klareren Schädel heimgefunden aufs Lerchenfeld und hat sich ins Bett gelegt, neben dem seine Schwester schon geschlafen hat. Und er hat die Gerechtigkeit vom Donauweibel schon im Leib getragen.«

Ich hab nur groß geschaut.

»Am andern Tag hat er die Ruhr kriegt vom Donauwassersaufen. Die Schwester hat nur noch zuschauen brauchen.«

»Zuschauen?«

»Ja, wie er sich fünf Tage und fünf Nächte lang zu Tode geschissen hat.«

»Und was ist geworden mit der Schwester?«

»Die hat ihre Lehr gehabt.«

»Eine Lehr?« frag ich.

»Daß alles leichter geht und besser ohne die Männer, für unsereins.«

»Dann ist sie allein geblieben?«

Die Cillin hat mich so lange angeschaut, bis ich auf keine Antwort mehr gewartet hab. Ohne ein Wort sind wir eine ganze Ewigkeit sitzengeblieben, bis das Windlicht erloschen ist und die Falter Ruh geben haben. Im Finstern sagt irgendwann die Cillin:

»Der Mohr hat gesagt, daß uns der Kaunitz dreihundert Gulden zahlt, wenn wir uns von einem Künstler nackert malen lassen, beim Kaunitz z' Haus. Der soll aber nicht dabeisein.«

Ich hab mich aufgeplustert wie ein Vogel.

»Und der Polizeidirektor sagt, wir sollen zum Kaunitz gehen, und die Polizei kommt nach und nimmt den Kaunitz mit ins Kriminal«, sagt die Cillin.

»Glaubst ihm das?«

»Ja, das glaub ich ihm.«

»Und was sagst du?« frag ich.

»Daß man dem Donauweibel manchmal den Weg zeigen muß. Drum frag ich dich, wieviel Angst du hast.«

»Wenn dich keiner festhalt«, sag ich, und die Cillin umarmt mich.

In dem Augenblick geht im Parterre das blecherne Schnarchen von der alten Bergelmeierin los, und das haben wir so lang nicht mehr gehört, daß wir fürchterlich lachen müssen, so richtig lachen zum ersten Mal wieder.

»Die depperte Bergelmeierin!« sag ich endlich.

Ich rede ja.

9. KAPITEL — UMARMUNG

Stimmen über den fünften und den sechsten Tag des Juli

Seiner Durchlaucht Beschreibung dieser Tage

*I*ch weine nicht, und jetzt schlafe ich auch nicht mehr. Seit über zwanzig Stunden nicht. Ich fühle mich leicht, ganz leicht und leer.

Ich trinke einen staubigen Weißen und esse Nüsse. Die Nüsse kamen vor zwei Tagen aus Mähren, aus Austerlitz. Die Nußbäume sind das letzte, das dort auf meinen Domänen noch trägt. Dafür braucht's keine Bauern, keine Verwalter und keine Erntearbeiter. Meine Austerlitzer Walnüsse wachsen, bis sie fertig sind, dann fallen sie herunter. Ich habe immer zwei Dutzend davon im Sack, ich kaue daran herum und komme mir vor wie eine recht sonderbare Kreatur.

Nicht zu schlafen tut gut. Das verschönt mir noch den Rausch, in den mein Schädel schon ganz von selbst hineingeraten ist. Ich rauche stets ein wenig. Meine kleine Pfeife hängt mir um den Hals.

Ich konnte die neue Sensation zuerst nicht glauben, aber mein Saiff lügt nicht: Die bissige Blonde aus der Werd, diese Mutter mit dem schönen, harten Gfrieß, hat mir zugesagt, mit ihrem reizenden Töchterl Porträt zu sitzen. Allerhand bei den Schereereien, welche die zwei grad noch gehabt haben. Aber das gute Geld: Ich hab's gesagt, die Werd ist arm.

Ich freue mich höchlichst darüber: Vielleicht schlaf ich deshalb nicht. Wegen der Hitze kann es kaum sein, die ist seit dem Donnerwetter zurück in die Hölle gekrochen.

Umarmt von seiner Mutter werd ich mir diesen Engel malen

lassen. Gibt es etwas Rührenderes als eine Umarmung zwischen zwei Menschen? ›Salome mit Zofe vor der Ermordung des Johannes‹. So hab ich's dem Maler erklärt. Morgen kommen die zwei. Da hab ich noch Zeit. Wofür? Zum Schlafen? Nein, ich hab vergessen: Gleich werde ich den Polizeidirektor treffen und ihn fragen, wann er endlich sein Fallbeil senkt. Er kommt bald. Aufgeräumt haben wir nicht, zuwenig Lakaien. Ich warte im Garten auf ihn. Wir haben einen grünen, eisernen Tisch in den Garten getragen, das beste Teegeschirr und Kerzen für den Abend, der vor der Tür steht. Was kann mir der alte Polizist sagen? In der Mitte des Tisches steht das Insignium meiner Macht, der präparierte Pirol auf seinem Haselzweig über einem silbernen Sockel. Ich lasse mich in sanfter Erschöpfung auf einen der eisernen Sessel fallen. Ich schlafe nicht, natürlich nicht.

Im Haus läutet ein Glöckchen. Der Oberpolizeidirektor Franz von Siber wird in der Halle von Saiff empfangen. Durch das Glas sehe ich die beiden schon, bevor sie über die Freitreppe zu mir in den Garten kommen. Als ich mich umständlich erhebe, bauscht sich mein seidener Hausmantel.

»Der Herr Oberpolizeidirektor!« sage ich.

»Durchlaucht«, sagt er.

»Daß Ihr's erübrigen konntet!«

»Keine Schwierigkeit«, grunzt der Siber. Er schaut mich nicht an dabei. Seine engen, gründlich blickenden Äuglein fegen über den Teetisch, meinen Hausmantel, ein paar ersoffene Rosen an der Mauer. Saiff geht; eine Minute später kommt Steffano mit dem Tee. Der Siber hat sich hingesetzt und betrachtet verzückt das goldgelbe Präparat in der Mitte des Tisches.

»Das ist ein Pirolvogel«, bemerkt er mit seltsam gerührter Stimme.

»Jawohl. Sechs Wochen ist's her, da ist er noch durch den Prater geflogen. Stolz bin ich auf den Vogel, muß ich sagen.«

»Ist's nicht komisch?« fragt der Siber und setzt mir dann in seiner umständlichen Art auseinander: »Durchlaucht gestatten, wenn ich einen Moment von den Zeiten spreche, da ich noch jünger war. Aber gerade im Alter von zwölf habe ich einen solchen Hahn ein einziges Mal beim Fliegen gesehen. Das war im Dunkelsteiner Walde im Niederösterreichischen. Der Vogel war so schön, daß sich sogar ein Rotfuchs aus seinem Winkel vorgewagt hat, um den Vogel richtig sehen zu können ... Und dann haben s' den Rotfuchs erschossen.«

»Hofrat, auf jeden sitzt irgendwo einer an«, sag ich. »Sogar auf meinen guten Großwesir habts ihr jemanden angesetzt, oder nicht?« Der Polizeidirektor zuckt fragend die Achseln. Ich suche seinen Blick, aber der Siber wendet die Augen nicht einen Augenblick von dem gelben Vogel. Ich fahre also fort: »Der Jäger sitzt auf seinen Fuchs. Der Kaunitz sitzt auf seinen Pirol. Aber auf seinen besten Diener sitzt ein häßliches Mandl an, mit einer Schlafmütze und Augengläsern.«

Jetzt lacht der Polizeidirektor leise vor sich hin. Aber wieder schüttelt er den Kopf, als wisse er von gar nichts. »Durchlaucht haben annonciert«, sagt er jetzt, »mir ein paar Fragen betreffend Eurer Person stellen zu wollen.«

»Ja«, sag ich, »wie lang man mich noch beobachtet, wie oft man mich noch befragt, wann man mir wieder das Gefühl gibt, daß ich meine Ruh hab. Sagt mir nur, wo das alles hinführen soll.«

»Ich hab eine umfängliche Untersuchung zu leiten«, sagt der Siber. »Ich könnt gar nicht alles davon erzählen. Nur so viel: Durchlaucht stehen in dringendem Verdacht, sich an mehreren Frauenzimmern aus der Wiener Jugend vergangen zu haben, diese unschuldigen Geschöpfe somit in Notlagen gebracht und überhaupt verdorben zu haben.«

»Ich habe meine Geliebten«, brause ich auf, als hätte ich wieder einen der Subalternen vom vorletzten und letzten Male vor mir. Der Siber macht gleich eine beschwichtigende Handbewegung. Der Steffano, der vorn an der Gartentür steht, hebt den Kopf und setzt sein süffisantes Lächeln auf. »Alle sind im gesetzlichen Alter«, beharre ich etwas leiser, »und alle werden sie reichlich von mir versorgt. Von welchen Notlagen hier gesprochen wird, hätt ich gern einmal verstanden. Dutzendfach hab ich ...«

Der Siber wendet sich mir endlich zu, seine engen Augen schauen genau. Ich breche ab, weil leicht zu verstehen ist, daß dieser Mann noch weniger auf meine Erklärungen achten würde als die Jüngeren, die für ihn arbeiten.

»Polizeidirektor«, sage ich nach einer Pause, »ich merk doch, daß Ihr ein verständiger Mensch seid. Ihr wißt doch, daß an meinem Tun, dem Tun eines Privatiers, nichts Außergewöhnliches für ein Mitglied unserer Gesellschaft ist ...«

»Die Jugend, Durchlaucht, die Jugend muß von dem Spiel der von Euch angesprochenen Gesellschaft ausgenommen bleiben.«

»Ihr, Hofrat, mögt die Viecher angeschaut haben, wenn Euch als Kind zu fad gewesen ist, mir sind von Anfang an andere Dinge passiert.«

Ich schau den Siber an, und dabei fällt mir auf, daß er mich gerade unterbrochen hat.

»Ja!« rufe ich aufgebracht. »Die Jugend! Reden wir nur von der Jugend.« Ich ziehe die Tabakdose hervor und biete dem Polizeidirektor davon an. Er schüttelt lebhaft den Kopf. Ich schnupfe selbst, niese und spreche also von Jugend: »Als ich selbst zwölf oder dreizehn Jahre alt gewesen bin, habe ich mich stets von den übrigen Menschen ferngehalten. Auch von meinen Eltern, meiner Schwester. Ich bin in Schlössern und Parks groß geworden, es war genug Platz. Ich hab bald gelernt, daß bei meinem Zusammentreffen mit anderen Leuten explosive Naturkräfte auftauchen, wenn ich's so nennen kann ... Naturkräfte, wie sie das Gaslicht im Experiment des Dombrovski erzeugen, habt Ihr gehört davon? Es ist ein gleißendes Brennen, heißer als anderes Feuer, unter Umständen verletzend. Manchmal bin ich natürlich mit gewissen Zeitgenossen zusammengestoßen.

Einmal eben mit dreizehn, als Freunde meiner Eltern mit ihrem ganzen Staat und vier Kindern zu Besuch gekommen sind. Ich habe diesen ganzen Auflauf so lange gehaßt, bis ich beschlossen habe, etwas zu tun, und schließlich die Tochter dieser Familie entführt habe. Das war eine schneeweiße kleine Frau mit dichten, erdbraunen Haaren, zwölf und ein halbes Jahr alt. In den hintersten Ecken der Besitzung wußte ich einen großen Fischteich, mitten im Wald, mit einer kleinen, verkrauteten Insel drauf. Ich glaube, es war eine Woche, die wir dort geblieben sind, Brombeeren essend. Das Mädchen fand mich erst unwahrscheinlich blöd, aber schon bald netter, vielleicht, weil es keine Vergleichsmöglichkeiten gab in der Einöde. Wir haben einen Fisch gefangen und roh gegessen, weil wir kein Feuer hatten. Stellt Euch vor: der Fisch und die Brombeeren und die kalten Nächte, obwohl es noch Sommer war – so wie jetzt übrigens, nach jenen Gewittern, merkt Ihr's, es ist Herbst geworden ...«

»Es ist Juli«, sagt der Siber.

»Das war es damals auch. Wir haben einander umschlungen gehalten, nicht wissend, was unsere Leiber von uns wollten. Und jede Stunde habe ich diesen weißen, wunderschönen Engel gezwungen, lange mit mir in das kalte Wasser des Weihers zu steigen, wo wir bewegungslos umarmt zwischen den Blüten der Wasserrosen gestanden sind, Tag und Nacht, so lang, bis die Haut unserer Körper faltig und weich war und unsere Seelen ganz durchscheinend an die Oberfläche gekommen sind.«

»Man hat Euch nicht gefunden?« fragt der Polizist.

»Nach einer Woche erst. Aber bis dahin sind wir zu *einem* Stück geworden, zu einer Seele, zu einer echten großen Liebe. Ich habe dieses Mädchen nicht genossen, weil ich nicht gewußt habe, was zu tun ist. Im Herbst dieses Jahres kam ich auf die Kadettenschule. Und als das alles gerade vorbei war, bekam ich die Nachricht, meine Familie hätte mir das Entführungsopfer von damals zur Heirat zugedacht. Ich kehrte heim, so freudig angeschwollen wie ein siegreicher Kampfhahn.«

»Schöner Verlauf. Wie ein Kindermärchen.« Sibers Augen fixieren mich eiskalt, als er das sagt.

»Wartet noch ... Als ich ankam, war aus meiner weichen, schneeweißen Kinderbraut eine steinharte, finster entschlossene Weibsperson geworden, die in den letzten Jahren nichts getan hatte, als sich darauf vorzubereiten, wie man eine Ehe militärisch-strategisch führen könne, wenn Ihr versteht ... Ich erkannte sie nicht wieder. Ich war zerschmettert. Aber ich habe kein Talent, nahenden Katastrophen rechtzeitig auszuweichen. Also habe ich sie geheiratet.«

Ich schnupfe noch einmal. »Ich nehme an, Ihr kennt meine Frau?«

»Von ferne.«

»Also: Die stillstehende Zeit damals am Weiher, das herrliche Bild dieses weißen, aufgelösten Wasserengels war nichts als ein falsches Versprechen, ein Vexierbild, das ich nicht wiederzufinden vermochte. Ich fühlte mich betrogen. Das macht gram.«

»Diese Dinge«, bemerkt der Siber, »untersuchen wir freilich nicht.«

»Aber hier sind lauter Frauen, die wissen, was das Leben auf sie zubringt.«

»Die meisten schon«, sagt der Polizeidirektor wie zu sich selbst.

»Sie sind jedenfalls talentierter als ich, den nämlichen Katastrophen auszuweichen, wenn sie's denn wollten. Aber sie willigen mir ein. Ich halte wieder und wieder Hochzeit mit einem Augenblick. Dann haste ich schnell weiter, ehe ich noch sehen kann, wie mich das Leben wieder betrügt. Ich nenne das den Staat der Liebe: ein Leben im allerschönsten Moment. Oder doch ein Dasein zwischen lauter vollkommenen Erinnerungen.«

Der Siber räuspert sich. Ich setze mich kerzengerade hin

und frage ihn so sachlich ich kann: »Nun, was wird Eure Polizei tun?«

»Ich kann so ehrlich sein, anzukündigen, daß Euch eine Durchsuchung unmittelbar bevorsteht«, sagt er, »möglicherweise gar eine Untersuchungsarrestierung. Wir haben eine Vielzahl von Unterlagen gegen Durchlaucht.« Er macht eine Pause und schaut mich bösartig an: »Ich würde auch nicht empfehlen, aus der Stadt oder ins Ausland aufzubrechen, weil dadurch eine Anhaltung zwingend wäre. Wir haben unsere Augen auf Durchlaucht ruhen.«

Ich brauche eine kleine, totenstille Ewigkeit, ehe ich mich erhebe.

»Doch freut's mich, daß Euch mein Pirolvogel gefällt.«

»Über das Maß gut«, sagt der Siber.

Ich winke dem Steffano; dieser kommt die Freitreppe herunter, den Paletot vom Siber in der Hand. Der Siber markiert eine Verbeugung, dann verschwindet er. Saiff kommt und verneigt sich:

»Wenn mich der Sidi jetzt nicht braucht ...«

»Geh Er nur«, sag ich, und Saiff verschwindet ebenfalls.

Ich sitze noch ein oder zwei Stunden in Gedanken versunken an jenem Tisch, dann greife ich mit der einen Hand den ausgestopften Vogel, mit der anderen ein paar Nüsse und schleppe mich hinauf ins erste Stockwerk, wo ich den Rest der Nacht mit Papieren, Büchern und den schon fertigen Porträts verbringe.

Anderntags, ich glaube, das ist der sechste Juli, betrete ich, noch immer ohne Schlaf, mein Bad und sehe die Verwüstung in meinem Gesicht. Ich beschließe, zu baden und mich schön zu machen, nachdem ich schon nicht schlafen kann. Es dauert lange, bis ich alle Sachen finde, aber schließlich trage ich gebügelte Hosen, ein neues Hemd, Weste und Tüchl. Ich verwende lange Zeit auf die Pflege meines Backenbartes. Ich parfümiere mich und rauche ein wenig Opium. Schließlich schiebe ich einen Fauteuil in jenen langen, schmucklosen Gang, von dem aus die Fenster zum Hof und auf den Durchgang zu meinem Malerhause schauen.

Der Maler Lavazzi, Ersatz für den unseligen Strebel, wird die beiden Frauen malen, wenn sie nur erst da sind. Er erscheint pünktlich um neun zu seinem Dienst, zieht sich den Kittel an und beginnt mir Vorbereitungen: Er stellt leere Farbtöpfe vor die Tür, trägt mitgebrachte Requisiten ins Malerhaus. Kurz nach zehn höre ich es an der Tür läuten: Mit abfälligen Worten spricht der Steffano zu den Besuchern. Es sind tatsächlich die beiden Frauenzimmer, unter Wetterflecken und Hauben.

Mein Gesicht bleibt halb hinter einem Vorhang, als ich zu dem Malerhaus hinabschaue: Die Mutter wirkt sehr angespannt, geradezu auf dem Sprung, sie schaut sich im Hofe rasch um, ehe sie das Malerhaus betritt. Zu mir herauf geht ihr Blick nicht. Die schöne Tochter, welche ich nicht vergessen habe können, hält die Augen gesenkt. Der Lavazzi gibt dem Steffano noch eine Order, dann führt er die Frauen ins Haus, wobei er versucht, seine Hand auf die Schulter der jungen Mutter zu legen, was von selbiger gleich abgewehrt wird.

Ich sinke in den Fauteuil. Es sitzt sich unkommod mit den frischen, steifen Sachen, aber trotzdem schlaf ich an dieser Stelle ein. Ich träume; das vermag man andererseits auch ohne Schlaf. Mir träumt also, daß ich zum Malerhaus hinabsteige. Aber ich tue es nicht.

Als ich zu mir komm in jenem Fauteuil, steht die Sonne schon tief. Ich bin hungrig und läute dem Steffano, den ich frag: »Ist alles gut?« – Die Frauen seien noch da, sonst sei nichts passiert. Man vermisse den Saiff. Das besorgt mich. Ich trag dem Steffano auf, ein frühes Souper zu bereiten.

Gleich nach dem Souper erscheinen die Kommissäre.

Beschreibung des 6. Juli durch Caecilie Vihwanz

𝒟as Bild von einem lieben Menschen, wie immer.«

Das hat mir jener Kunstmaler geantwortet, auf meine Frage, was er denn nun machen werde. Um die zehnte Stund bin ich mit dem Annerl zu dem Hause des Kaunitz gekommen, wo ich nur Italiener angetroffen habe. Der erste war ein baumlanger Lakai in einer nachtblauen Livree, ein unfreundlicher Kerl, welcher mich durch eine weite, unordentliche Vorhalle wieder ins Freie, in einen kleinen Hof, gebracht hat. Dort hat dieser Kunstmaler gewartet, noch ein Italiener, der sich mit »Maestro Lavazzi« vorgestellt und uns auf anlassige Weise in ein niedriges Haus sowie alldort in ein langes, hohes Zimmer mit großen Fenstern geführt hat.

»Was werden S' jetzt machen?« frag ich den Kunstmaler. Von den Hochwürdigen Brüdern hab ich ein kurzes, scharfes Hendlmesser mitgebracht, das in Papier gewickelt an meinem Bein befestigt war.

»Das Bild von einem lieben Menschen«, sagt dieser Lavazzi, »wie immer.«

»Ich zieh mich nicht aus«, sag ich.

»Muß gar nicht sein. Das Fräulein Töchterl allerdings ja. Obwohl ich die auch partiell mit einer Stola verhüllen werd. Die Geschichte geht so: Sie ist die Zofe vom Fräulein Tochter, und das Fräulein ist die Königstochter Salome. Ehe sie tanzen geht und dafür dann mit dem Caput des Täufers Johannes belohnt wird, wird sie von ihrer Zofe angekleidet. Die Zofe ist so erstaunt über die Schönheit ihrer Herrin, daß sie sie in sinnlichstem Entzücken umarmt.«

»Was sind das für G'schichten«, frag ich.

»Das ist die Bibel«, sagt der Maestro Lavazzi.

Der Kunstmaler, welcher mir für einen Maestro jung erscheint und eine unreine Gesichtshaut hat, prüft unsere Personen eingehend und wendet sich dann drei Leinwänden zu, welche in dem bewußten Zimmer schon bereitstehen und auf welchen phantastische Hintergründe, zum kleinen Teil bereits in bunten Farben ausgeführt, zu sehen sind: eine Steinmauer, dahinter steile Felsen und ein finsterer, bewegter Ozean. Und ein üppiger Garten auf der zweiten Leinwand, mit Bäumen und Blumen, wie man sie in unserer Gegend nicht finden wird. Auf der dritten Wand spannt sich ein rotes Wüstenland, mit schwarzen Felsgebirgen weiter hinten. Diese Felsgebirge brennen in bläulichem Feuer.

»Was soll das sein? Auch die Bibel?« frag ich.

»Nein, ein Prospekt, welchen mir Seine Durchlaucht aufgetragen. Eine afrikanische Szenerie. Da will ich Sie und das Töchterl hineinsetzen, weil es seine Durchlaucht freuen wird, auch wenn mir die anderen Prospekte besser gefallen. Aber die Salome ist immerhin eine Wüstenprinzessin gewesen.«

Jetzt brauch ich noch ein paar Minuten, daß ich mein Annerl beweg, die Sachen auszuziehen für den Kunstmaler. »Wird nicht lang dauern«, sag ich, »und dann halt ich dich die ganze Zeit im Arm.« Endlich tut sie's, und der Kunstmaler zeigt sich sehr besonnen, um keine Unruh in meinem Kinde zu wecken. Er probiert nur das eine oder andere exotische Tüchl, das er dem Annerl wie eine Priesterstola überbreitet. Endlich setzt er uns in Positur, die Anna auf einen kleinen Schemel. Ich knie ihr zu Füßen, umarme fest ihre Hüften und lege mein Gesicht an ihre kleine Schulter.

»Und jetzt schau Sie mit der höchsten Bewunderung zu dem Töchterl hinauf!« fordert der Lavazzi, dem das Ganze gut zu gefallen scheint, mit dem Pinsel in der Hand.

So sind die Stunden vergangen, und ich hab mich gefragt, wann die Polizei wohl kommen wird. Exzellenz hat versichert, daß der Kaunitz, wo immer er ist, von einem Haufen Leute beobachtet werde und daß die Kommissäre im Moment seines Herannahens einschreiten würden.

Doch der Kaunitz ist ferngeblieben. Auf dem Bild hat man

langsam etwas von uns erkennen können. Wegen der folgenden Aufregung erinnere ich mich nur schlecht an das Bild, aber bei aller Unfertigkeit ist das Annerl doch schon gut zu erkennen gewesen, wenn auch in einer Pose, die niemals die ihre gewesen ist und so fremd gewirkt hat, als hätte sie jemand hineingezwungen. Nach mehreren Stunden hat der Maestro Lavazzi gesagt, die Annerl soll sich ankleiden, es werde nunmehr eine Jausen für uns gebracht. Der meerblaue Italiener hat was zu essen hingestellt, und die Annerl, die die ganze Zeit über nicht gesprochen hat und sehr blaß gewesen ist, hat nicht viel zu sich genommen.

Ich habe während dieser Vorkommnisse aus dem großen Fenster in den Hof des Kaunitzschen Hauses geschaut und mich einigermaßen wundern müssen, daß in einem so großen Palais nicht mehr Menschen sind. Dieser Kaunitz müßte doch einen großen Haushalt haben, habe ich überlegt.

»Was kriegt Sie denn fürs Modellsitzen?« hat der Lavazzi, kauend noch, gefragt. Ich hab ihm keine Antwort gegeben. »Sie kriegt sicher mehr als ich.« Er hat kummervoll geklungen. Ich habe mir die anderen beiden Leinwände angesehen, auf welchen nicht gemalt wurde im Augenblick. Auf den Himmeln waren blaue Stimmungen sichtbar, welche geradewegs geleuchtet haben, als stünd eine Lampe unsichtbar hinter dem Bild. Der Lavazzi hat gleich gesehen, was mir auffällt: »Ich bin Italiener«, hat er gesagt, »da scheint durch alle Bilder die Muttergottes.«

Er hat gezwinkert dabei und einmal noch gegrinst, dann haben die Kommissäre der Polizei das Haus gestürmt. Es werden an die zwanzig gewesen sein. Sie waren im ganzen Haus, noch ehe der Kaunitz auch nur einen Schritt in unsere Nähe getan hätt. Ich bin erleichtert gewesen, aber auch belustigt über das, was nun geschehen ist. Das Annerl ist in Angst geraten über all dem Geschrei, und so hab ich sie wieder umarmt, wie vorher in der Pose, nur daß der Maestro keinen Blick mehr für uns gehabt hat vor lauter Aufregung.

Den Kaunitz, habe ich später gehört, haben sie oben beim Nachtmahl arretiert. In das Malerhaus ist zugleich ein halbes Dutzend Kommissäre eingedrungen, Pistolets in den Händen und Handfesseln griffbereit. Im Augenblick zuvor haben wir schon das Geschrei des überwältigten Lakaien im Vorhause gehört. Schon da ist der Maler Lavazzi in Angst geraten und hat die Leinwände mit Fetzen zugehängt. Dann waren sie im Raum, und der Kunstmaler hat nun laut zu schreien begonnen wie eine Jungfer, so daß ein Kommissär die Geduld verloren und ihm eine Watschen gegeben hat, ehe er ihn gefesselt.

Binnen kürzester Zeit sind drei von den Männern bei uns. Wie anders aber die Behandlung dieses Mal!

»Keine Angst, den Frauen geschieht kein Leid!« versichert der erste.

»Gut so«, sag ich.

»Sie werden gegen den freien Willen hier festgehalten«, bemerkt der zweite, einen Block schon gezückt.

»Nun ...« sag ich.

»Wobei der Mohr des Fürsten insbesondere Gewalt ausübt«, zischt der dritte erregt.

»Nein«, sag ich, »der Mohr ist gar nicht da.«

Die Männer nicken und schreiben, als hätt ich ihnen mit jedem Wort recht gegeben.

Rapport des geheimen polizeilichen Zuträgers Theodor Strasser

Der sechste Juli war der zwölfte Tag meiner Observation des mohrischen Dieners Saiff aus dem Kaunitzschen Haushalte, welchen ich bis dato nicht einmal aus den Augen verloren. Jener Saiff hatte schon in der vorherigen Nacht eine rege Umtriebigkeit gezeigt und war in mehreren Quartieren mit zwei vollen Säcken erschienen, wobei er Wohnungen aufsuchte, deren Besitzer mir ganz unbekannt waren, womöglich, um Geschäftliches zu erledigen.

Vor der Morgendämmerung machte der Diener sich auf, verließ die Stadt und begab sich zu Fuß raschen Schrittes über die Favoritnerlinie zu dem Platz vor der Spinnerin am Kreuze, wo am nämlichen Tage ein Roßmarkt abgehalten wurde und der bewußte Saiff schon bald ein älteres Roß erstand. Er ging das Tier tränken und ritt sodann in Richtung Süden auf Mödling zu. Gottlob gelang es mir, einen bekannten Roßhändler ausfindig zu machen, der mir auf meine Erklärung, für die polizeiliche Hofstelle tätig zu sein, ein Pferd auslieh, mit welchem ich den Kaunitzschen Diener weiterhin verfolgte.

Einige Tage zuvor hatte jener mit einem Karabiner auf mich geschossen, so daß ich ihn seither in Kostümierung verfolgte; an jenem sechsten Juli in der Soutane eines niederen Pfaffen, wobei ich meine Augengläser durch ein Monokel ersetzt hatte. In dieser Aufmachung ritt ich in einiger Entfernung hinter dem Diener her, dem das Alter seines Tieres keine große Geschwindigkeit erlaubte. Auch war die Landstraße nach Mödling trotz der frühen Stunde sehr belebt, so daß meine Observierung unbemerkt bleiben konnte.

Als wir nach gut drei Stunden auf Mödling kamen, beobachtete ich jenen Saiff, wie er sich in eine Wirtschaft verfügte, nachdem er sein Roß vor der selbigen an einen Zaun gebunden hatte. Ich verbarg mich in der Nähe, bis der Diener die Wirtschaft nach nur einer halben Stunde wiederum verließ und das kaum ausgeruhte Tier bestieg.

Als der Mann außer Sicht war, betrat ich in Windeseile meinerseits die Wirtschaft, den Wirt mit einem Dominus vobiscum grüßend. Ich gab vor, ein Stelldichein mit jenem Mohren zu haben. Der Wirt gab bereitwilligst Auskunft: Jener Mohr sei bereits verschwunden, er habe sich nach Routen über das Gebirg ins Steirische hinein erkundigt. Nach einer schnellen Mahlzeit, nur aus Erdäpfeln bestehend, sei er aufgebrochen.

Ich dankte und kehrte zu meinem in einiger Entfernung wartenden Roß zurück. Alldort erst realisierte ich bei mir, daß der nämliche Kaunitzsche Diener den Plan hatte, die Grenzen des Österreichischen, wenn nicht der Kronlande, zu überschreiten und sich unbekannten Orts einen anderen Herrn zu suchen.

Dies zu rapportieren kehre ich in die Stadt zurück.

EPILOG — WEIHNACHTEN

Aus den Papieren des Polizeidirektors Franz von Siber

𝒟er Hagebuttenaufguß ist kalt und bitter.
Was bleibt aufzuschreiben? Das alte Jahr ist weg. Der Fall ist weg. Er macht die Archive des alten Scheidl noch praller. Der Akt ist tausend Seiten dick.
Seine Durchlaucht ist auch weg. Vier Wochen hielten sie ihn im Hofmarschallzimmer fest, er plauderte über alles ganz amüsiert, und als die Justitiarräte zusammentraten, konnten sie sich nicht über die Stichhaltigkeit der Beweise einigen. Die Untersuchung wurde für aufgehoben erklärt, und der Kaunitz mußte allein die Gerichtskosten bezahlen.
Im Spätherbst verfügte indes Seine Majestät an den Sedlnitzky, ›daß ich an meinem Hof nur rein moralische Menschen versammelt zu sehen wünsche, um so auf die unteren Stände mit Nachdruck und Erfolg durch das Beispiel zu wirken‹. Der Kaunitz mußte verschwinden. Jetzt ist er in Brünn, unter Observation der dortigen Behörden. Ich kann ihn mir dort oben schwer vorstellen, außer weiß und faltig und bis zum Maul im Wasser.
Ich selbst bin im Verlauf des Herbstes gemächlich aus dem Bureau ausgezogen, vor dem mein Nachfolger, der Ritter von Persa, in größter Unruhe schon gewartet hat. Ich hab mich kleineren Journaldiensten gewidmet und, wie berichtet, Zeitgenossen wie den Tondichter Schubert kennengelernt.
Und sonst: Wie der Capellini gehört hat, daß ausgerechnet der Persa zu meinem Nachfolger bestellt worden ist, ist er

mit einer Hur aufs Glacis gegangen und hat sich danach erschossen.

Die Kupplerin Webhofer hat gestanden, gemeinsam mit dem nunmehr toten Capellini einen fingierten Hinweis an die Polizei gegeben zu haben, um einen Polizisten auf falscher Fährte vor der Gesellschaft bloßzustellen. Man hat sich eine Zeitlang brennend dafür interessiert, wer jener nackerte Kommissär gewesen sein könnte, aber der Nemeth ist ein schweigsamer Mensch. Er hat sich im übrigen in die Hofzensurstelle versetzen lassen; sein Ruf als Spezialist für Journale ist legendär. Der neue Oberdirektor Persa seinerseits möcht sich jetzt genauer den Dichtern zuwenden, weil, wie er mir gesagt hat, ›das Wort‹ die Gefahr sei.

Der Atzwitz überlegt eine Reise nach Berlin.

Der Strasser ist wieder im Narrenturm und will dort nicht mehr fort.

Und auf meinem letzten Fall ruht breit und schwer der Hintere des Archivars Scheidl, der mir versichert hat, er schlafe nachts gut und traumlos wie ein Kind.

Die Vihwanz Cilli und ihre Ziehtochter Anna sind wieder im Quartier in der Krummbaumgassen, und wie mir die Rayonswache berichtet, haben sie ihr altes Leben wieder aufgenommen; mit dem Unterschied, daß die Anna nicht mehr zum Kinderballett geht, wie es auch sonst kein Wiener Kind mehr tut. »Jetzt gehen s' halt gleich zum Kavalier«, hat der zynische Scheidl bemerkt, und der Persa spricht von seinen gefährlichen Dichtern.

Ich habe den Herbst über immer wieder an die Cillin denken müssen und daran, daß sie allein ist und ich auch, und ich hab mir überlegt, ob uns außer den fünfunddreißig Jahren wirklich sonst noch so viel trennt.

Und für den Heiligen Abend habe ich die beiden Frauenzimmer wider den großen Argwohn meiner Mutter zum Soupieren in unsere Wohnung geladen, wo das alte Hutgestell wie in jedem Jahr Ganslsuppen, Karauschen und vermischte

Küchln aufgetragen hat. Den Frauen habe ich schon zuvor eigens festliche Kleider in ihr Quartier senden lassen, so wie ich während zweier Wochen die ganze Einladung mit Behutsamkeit vorangetrieben habe.

Das Christfest des Jahres 1822. Zu Gast sind außer den zwei Frauen aus der Werd die Cousine Mirl und ihr Fritz. Es brennen Kerzen, und alle können dieselben Lieder singen. Ich schenke der Anna und der Cillin jeweils ein zartes Parapluie. Es scheint, als sei die Welt gar nicht schlecht. Und trotzdem sagt mir die Cillin später am Tische: »Schön sind die Kitteln, und gut ist das Essen, aber wozu sind wir eigentlich da?« Wenn ich's wüßt, denke ich. Sage aber: »Zum Sattwerden.«
Leider kommt meine Mutter noch am selben Abend ins Reden, als die Küchln grad auf dem Tisch sind und die Cilli mit der Anna einen Moment aus dem Zimmer ist, menschlichem Bedürfnis folgend. Das Hutgestell redet tatsächlich von Ehestand und Kinderglück, und die Mirl nickt dazu. Ich schaue den breiten, unschönen Kieferknochen meiner Mutter zu, wie sie mahlen und mahlen, und denke: Ja, wie lange redet sie denn schon, es muß eine halbe Stund schon dauern. Auf einmal fürcht ich mich entsetzlich vor dem Ruhestand. Da ist die Mutter am Ende und verschlingt ein Küchl.
»Wo sind denn die zwei Grazien?« fragt dann der Fritz. Draußen steht die Tür offen. »Eiskalt geht's da herein«, keift meine Mutter. Die Mirl macht g'schwind zu. Wir sind ganz unter uns.

Am Stephanitag ließ mich die Rayonswache wissen, daß die beiden Frauen Vihwanz in der Christnacht, zur Zeit der Metten, beobachtet worden seien, wie sie im Zustande höchster Heiterkeit durch die Gassen ihres Quartiers gelaufen seien.
Sie hätten dabei gelacht und mit Regenschirmen auf die Dachrinnen der Häuser eingehauen, was eine für den Heiligen Abend durchaus sonderbare Melodie ergeben.

Nachbemerkung des Autors

Dieses Buch ist eine schriftstellerische Variation des historischen Kriminalfalls Aloys von Kaunitz-Rietberg. Der Fürst, im Juli 1822 wegen »Verdacht auf Notzucht und Kuppelei in mehr als 100 Fällen« in Wien verhaftet und in der Folge von Kaiser Franz I. höchstpersönlich der Stadt verwiesen, verstarb im Revolutionsjahr 1848, im 75. Lebensjahr stehend, fast mittellos in Paris.

Die österreichische Geschichtsschreibung befand diesen unerfreulichen Enkelsohn des Maria-Theresianischen Staatskanzlers lange Zeit für der Überlieferung unwürdig; wohl auch, um das Ansehen des berühmten Vorfahrs nicht zu schmälern. Erst für die jüngere Sozial- und Kriminalgeschichtsschreibung wurde Aloys von Kaunitz-Rietberg – und das heterogene und schillernde Milieu, in das er und seinesgleichen verstrickt waren – zunehmend ein Thema.

Eine eingehende Chronik der tatsächlichen Kriminaluntersuchung gegen den Kaunitz ist, neben Darstellungen anderer einschlägiger Verbrechen aus dem Wiener Vormärz, in dem Band *Das Mädchenballett des Fürsten Kaunitz* von Susanne Feigl und Christian Lunzer zu finden (Wien 1988).

Mein Dank gilt dem Filmregisseur Franz Novotny, der mich auf diesen Stoff hingewiesen hat.

Verpflichtet bin ich auch Harald Seyrl, Leiter des Wiener Kriminalmuseums, der mir Literatur über das Polizeiwesen im Vormärz zur Verfügung gestellt und auch Zeit gefunden hat, höchst vergnügliche Anekdoten zu berichten.

Ernst Molden, Wien 1998